Ole Majerus

OETINGER TASCHENBUCH

Gina Mayer hat als Werbetexterin gearbeitet, bevor sie Schriftstellerin wurde. Sie schreibt historische Romane sowie Krimis für Jugendliche und Erwachsene. Ihre Bücher wurden u. a. für den Deutsch-Französischen Jugendliteraturpreis und den Hansjörg-Martin-Preis nominiert und mit dem Leipziger Lesekompass ausgezeichnet. Heute lebt sie mit ihrem Mann und ihren beiden Kindern in Düsseldorf.

Frank M. Reifenberg absolvierte eine Ausbildung zum Buchhändler und arbeitete danach als Presse- und Öffentlichkeitsreferent. Er besuchte die Internationale Filmschule Köln und schreibt seit dem Jahr 2000 Romane und Drehbücher. Seit 2008 engagiert er sich in der Leseförderung von Jungen. Die Universität zu Köln berief ihn als Lehrbeauftragten für die Leseanimation von Jungen. 2012 wurde er vom Luxemburger Centre national de littérature mit einem Stipendium ausgezeichnet.

Gina Mayer & Frank M. Reifenberg

Die Schattenbande legt los!

Mit Illustrationen von
Gerda Raidt

Oetinger Taschenbuch

FSC
www.fsc.org
MIX
Papier aus verantwortungsvollen Quellen
FSC® C014496

Das für dieses Buch verwendete FSC®-zertifizierte
Papier Danube liefert Salzer Papier, St. Pölten, Austria.
Der FSC® ist eine nicht staatliche, gemeinnützige Organisation,
die sich für eine ökologische und sozialverantwortliche
Nutzung unserer Wälder einsetzt.

2. Auflage 2017
Oetinger Taschenbuch in der Verlag Friedrich Oetinger GmbH,
Poppenbütteler Chaussee 53, 22397 Hamburg
April 2016

Druck: GGP Media GmbH,
Karl-Marx-Straße 24, 07381 Pößneck, Deutschland
ISBN 978-3-8415-0435-7

www.oetinger-taschenbuch.de

INHALT

DIE SCHATTENBANDE

Schiebermütze, Knickerbocker und Dreck unter den Fingernägeln: Das ist **Klara Schlapp**. Dass sie ein Mädchen ist, ist geheim. Nur ihre Freunde wissen, dass sie blonde Zöpfe unter der Mütze versteckt. Klara ist eine begnadete Taschendiebin und die Anführerin der Schattenbande. Das Blöde ist nur: Otto will das einfach nicht einsehen.

Im Fassadenklettern nimmt es keiner so schnell mit **Otto Karwuttke** auf und auch im Pläneschmieden ist er große Klasse. Leider hat Klara oft schon Nägel mit Köpfen gemacht, bevor er sagen kann, wo es langgeht. Otto und Klara sind ein Superteam, das meinen alle. Aber Otto findet, dass sie noch besser wären, wenn Klara endlich einsehen würde, dass er der Chef ist.

Paule Kowalski ist ein genialer Panzerknacker und Erfinder. Aus Schrottteilen und Abfall baut er die erstaunlichsten Apparate, Maschinen und Sprengkörper. Wenn er einmal nicht an seinen Erfindungen tüftelt, stiehlt er Kohlen. Denn die Dampfmaschinen, mit denen er seine Maschinen betreibt, wollen gefüttert werden. Paule träumt von einem eigenen Automobil – und von einer Weste aus Samt mit echten Perlmuttknöpfen.

Lina Kowalski ist Paules kleine Schwester und das jüngste Mitglied der Schattenbande. Sie ärgert sich furchtbar darüber, dass die anderen sie oft nicht ernst nehmen. Dabei könnte sie den Freunden nicht selten den Hals retten, wenn man sie nur mitmachen ließe. Lina hat nämlich einen sechsten Sinn. Sie wittert Gefahr und spürt Dinge, die anderen verborgen bleiben.

Berliner Lokal–Anzeiger

7. Juni 1926

Dreister Juwelendiebstahl in Charlottenburg

von Billy Barrakuda

In der Nacht zum Sonntag hat die gewissenlose Diebesbande erneut zugeschlagen, die Berlin seit Monaten in Atem hält. Über ein Dachfenster verschafften sich die Einbrecher dieses Mal Zugang zur Stadtvilla von Doktor W., dem Direktor der gleichnamigen Seifenpulverfabrik. Sie knackten den Tresor und entkamen mit dem gesamten Schmuck seiner Gattin, bevor die Haushälterin den Raub bemerkte und die Polizei alarmierte. Die geraubten Juwelen haben einen Wert von 7000 Reichsmark. Der Leiter des Einbruchsdezernats, Kommissar Ernst Budde, bittet die Bevölkerung um Mithilfe:

Wer in der fraglichen Nacht in der Nähe des Hauses Schillerstraße 14 verdächtige Personen oder Vorgänge beobachtet hat, wird aufgefordert, sich unverzüglich bei der Polizei in Charlottenburg zu melden. Für Hinweise, die zur Ergreifung der Täter führen, ist eine Belohnung von 500 Reichsmark ausgesetzt.

I. KAPITEL,

in dem Klara von einer Dame mit Bart gejagt wird

Eine Knackwurst. Klara sah sie. Direkt vor sich, so groß, noch größer, mit Senf, je einem dicken gelben Klecks auf beiden Enden. Klaras Nase gab ebenfalls Alarm: Rührei mit Speck. Nur knuspriger brauner Speck konnte ihren Riecher so quälen. Das Wasser lief ihr im Mund zusammen: Bohnensuppe mit Rindfleisch. Oh ja! Oder wenigstens eine Stulle mit Schmalz. Hauptsache etwas, das dieses Knurren in ihrem Bauch verstummen ließ.

Klara kniff sich mit zwei Fingern so fest ins rechte Ohrläppchen, dass sie vor Schmerz fast aufschrie. Wenigstens schwebte die Knackwurst nun nicht mehr vor ihren Augen durch den Strom der Nichtstuer, die über den Nollendorfplatz schlenderten.

Sie hatte seit knapp zwei Tagen kaum etwas gegessen. Kaum etwas bedeutete ganz genau: sieben Rosinen, dazu ihren Anteil von einem Apfel, der allerdings zur Hälfte von einem Droschkenpferd zertreten worden war. Und die Rinde von einem halben Graubrot, natürlich auch geteilt durch vier.

Aber das würde sich gleich ändern.

In der perlenbesetzten Handtasche der dicken Dame, die nur wenige Meter vor Klara herstöckelte, verbarg sich ihr Abendessen. Dazu noch für die ganze Schattenbande das Frühstück und das Mittagessen für den nächsten Tag.

Jetzt nur nicht ablenken lassen, ermahnte sich Klara, bloß keinen Fehler machen. Sie beobachtete die feine Dame schon seit einer halben Stunde, wie sie in ihren Schuhen aus Schlangenleder über den Markt trippelte. Für die Schuhe hatte sicher eine ausgewachsene Würgeschlange herhalten müssen. Zielstrebig hatte die Dame die teuersten Stände angesteuert, bei Dannemann hatte sie Pralinen gekauft, zwei Pfund von den teuren belgischen!

Danach hatte sie die Handtasche nicht richtig zugemacht.

Die Schnalle stand auf. Und der Geldbeutel lugte hervor.

»Nur ein Handgriff …«, murmelte Klara, biss sich aber sofort auf die Unterlippe.

Ein einziger schneller Handgriff und sofort weglaufen. Die Dicke würde sie nie und nimmer einholen. Dann würde sie merken, was sie von ihrem Übergewicht hatte. Und dass sie nicht so viel Geld für Leckereien ausgeben sollte.

Die schönen Scheinchen machen uns satt, aber Sie, gnädige Frau, nur fett, flüsterte eine Stimme in Klaras Hinterkopf. Jetzt halt den Mund und klau das verflixte Portemonnaie, dann ist der Tag gerettet, zischte eine andere dazwischen.

Klara holte tief Luft, straffte die Schultern und ging zum Angriff über. Scheinbar ziellos schlenderte sie auf die Dame zu, dann tat sie, als ob sie stolperte. Im Fallen streckte sie ihre Finger aus und schob sie in die Handtasche. Das funktionierte immer.

Sie griff nach der Geldbörse und wollte sie herausziehen, aber das Miststück steckte fest. Als wäre es angeklebt oder festgenäht.

Irgendwas war hier faul. Oberfaul. Ganz gewaltig oberfaul. Nichts wie weg, beschloss Klara, aber im selben Moment drehte sich die Dame um und starrte sie an.

Buschige Augenbrauen, Knollennase, Bartstoppeln auf den gepuderten Wangen und dem Kinn, das rechte Lid hing über dem Augapfel.

»Wa-wa-wa…«, stammelte Klara.

»Oh ja«, brummte die falsche Dame.

»Wa-Wa-Wachtmeister Eltinger!«, brachte Klara endlich hervor.

»Hab ich dich erwischt, Bürschchen!«, brüllte Eltinger. »Du bist verhaftet!«

Aber bevor er Klara packen konnte, war sie losgerannt.

Sie stieß gegen einen der Marktstände, eine Eierpyramide stürzte ein. Die Marktfrau tobte. Klara flitzte zwischen einer Litfaßsäule und einem Sonnenschirm durch, kickte im Vorübergehen gegen einen Stapel leerer Obstkisten, der hinter ihr zusammenfiel, stolperte gegen ein altes Mütterchen und warf fast zwei Hausfrauen mit Kinderwagen um. Nachdem sie quer über den Nollendorfplatz gerast war, bog sie in die Motzstraße ein.

Eltinger blieb ihr dicht auf den Fersen. Klara staunte, dass der Polizist in den Damenschuhen so gut rennen konnte.

Wohin? Wo sollte sie bloß hin?

Da hinten stand eine Haustür auf.

Klara hechtete die Stufen zum Eingang empor, rannte durchs Treppenhaus in den Hof, unter den Teppichstangen durch und ins Hinterhaus. Eine Treppe hoch und noch eine, im zweiten Stock kam ihr ein alter Herr entgegen, der sich gerade noch am Geländer festhalten konnte, sonst hätte sie ihn umgerissen.

»Nicht so schnell, du Rüpel!« Er drohte mit seinem Spazierstock, aber Klara war schon weg.

Dritter Stock, vierter Stock. War Eltinger noch hinter ihr her? Sie warf einen Blick über die Schulter, aber er war nirgends zu sehen. Hier war die Tür zum Dachboden. Glücklicherweise nicht abgeschlossen. Nichts wie rein. Sie lehnte sich mit dem Rücken gegen die Tür, rang nach Luft und lauschte. Wenn bloß ihr Herz nicht so laut hämmern würde. Aber im Treppenhaus war nichts zu hören. Keine Schritte. Kein Eltinger. Sie hatte ihn abgehängt.

Gerettet, dachte Klara. Gott sei Dank.

Wie dämlich, wie grottendämlich, schimpfte sie mit sich. Alle hatten sie davor gewarnt, dass die Schupos in letzter Zeit wieder mit allen Tricks Jagd auf Diebe rund um die Nolle machten. Und sie war trotzdem in die Falle getappt.

Fast. Sie grinste. So schnell packte man keinen Schatten.

Langsam wurde ihr Atem ruhiger, auch ihr Puls raste nicht mehr so schnell. Sie blickte sich um. Von den Dachbalken hingen Spinnweben wie Girlanden. Staubkörnchen tanzten in den Sonnenstrahlen, die schräg durch ein Dachfenster fielen.

Klara wischte sich den Schweiß von der Stirn. Sie würde sich noch ein paar Minuten ausruhen und dann wieder nach unten schleichen, um woanders ihr Glück zu versuchen. Im KaDeWe auf der Tauentzienstraße vielleicht. In dem schicken Kaufhaus wimmelte es um die Mittagszeit vor reichen Müßiggängern, ein Paradies für Taschendiebe.

Vielleicht traf sie dort sogar die anderen, den Rest der Bande: Otto, Paule und seine kleine Schwester Lina. Klara hatte die drei im vergangenen Winter bei Tante Elfi kennengelernt. Tante Elfi – der Name hörte sich so harmlos an, aber Tante Elfi war ein Scheusal. Sie beutete ihre Schutzbefohlenen aus und piesackte sie mit großer Hingabe. Sie hasste alle Kinder, aber Klara, Otto, Paule und Lina hasste sie am allermeisten. Keiner der vier wusste, warum.

Im Grunde war es ein Glück.

Wenn Tante Elfi nicht so schlimm gewesen wäre, hätten wir uns vielleicht nie getraut, aus dem Waisenhaus auszubrechen, dachte Klara.

Aber weil es so unerträglich gewesen war, hatten sie es gewagt. Nun hausten sie in der ehemaligen Schreinerei am Lützowufer und hielten sich irgendwie über Wasser. Die Schattenbande, so nannten sie sich. Der Name war Ottos Idee gewesen. »Weil wir nicht zu erkennen und nicht zu packen sind«, hatte er gesagt.

Wir sind die Schatten, schnell und schlau, keiner sieht sie je genau – das war ihr Motto. Sie hatten kein üppiges Leben, na ja, manchmal war es sogar ziemlich mies, an den Winter wollten sie lieber gar nicht denken. In fast genau einem halben Jahr war Weihnachten, und sie würden frieren, das stand fest.

Oder die Tage, an denen sie hungrig ins Bett gingen, wie gestern zum Beispiel. Und vorgestern. Doch das war alles besser als Tante Elfis Knast. Sie allein hatten das Sagen, und das war gut so.

Klaras Magen begann wieder zu knurren. Unter dem Dach surrte eine dicke Fliege. Im Treppenhaus war alles still. Vorsichtig schlich sie zur Tür, drückte die Klinke herunter und wollte sie behutsam aufziehen …

Wwwwock!

Die Tür knallte ihr entgegen und donnerte gegen die Wand, sie konnte gerade noch zur Seite springen. In der Öffnung stand Eltinger, keuchend, mit verschmiertem Puder auf den Wangen, in Strümpfen, die Schuhe hatte er bei der Verfolgungsjagd wohl verloren.

»Hab ich dich!«

Triumphierend packte er Klara an der Schulter, aber sie duckte sich und tauchte unter seinem Arm durch. Blitzschnell rannte sie aus dem Dachboden ins Treppenhaus.

Jetzt ging es die vier Stockwerke wieder herunter. Auf jedem Treppenabsatz schwang sich Klara auf das Geländer und sauste hinab. Gut, dass sie wie immer ihre Knickerbocker-Hosen trug und kein Kleid. Das war bei einer Verfolgungsjagd ein Riesenvorteil.

Eltinger stolperte fluchend hinter ihr her. Durch den Hinterausgang rannte Klara auf die Straße, wo sie um ein Haar von einer Autodroschke überfahren worden wäre. Im letzten Moment konnte der Fahrer ausweichen. Die Hupe des Wagens quäkte, der Mann drohte mit der Faust aus dem Fenster: »Du verdammter Bengel!«

Klara würdige ihn keines Blickes, sie schlug Haken wie ein Hase, aber Eltinger ließ sich nicht abschütteln. Er blieb ihr dicht auf den Fersen.

»Haltet den Dieb!«, schrie er immer wieder und schwenkte die perlenbesetzte Handtasche wie einen Schlagstock. Auf seinem Kopf hatte sich die Perücke gelöst. Sie hing zusammen mit dem Hut nur noch an einer einzigen Haarnadel und wippte neben dem rechten Ohr auf und ab.

Lächerlich, dachte Klara, aber leider hatte sie gerade keine Zeit zu lachen.

Auf der offenen Straße gab es keine Chance gegen Eltinger, sie brauchte ein Versteck, und zwar schnell, denn an der Ecke zur Eisenacher Straße tauchte ein weiterer Schutzpolizist auf und verstellte ihr den Weg. Die Trillerpfeife zwischen seinen Zähnen schrillte schmerzhaft in Klaras Ohr. Sie bog nach links in eine Seitengasse, aber da stand ebenfalls ein Schupo, breitbeinig, mit verschränkten Armen.

Zurück konnte sie nicht, wenn sie Eltinger nicht in die Arme laufen wollte. Blieb nur noch eine winzige Gasse zu ihrer Rechten. Die Häuser standen hier so eng, dass Klara mit ausgebreiteten Armen die Wände berührt hätte.

Aber das tat sie natürlich nicht. Sie rannte gerade um ihr Leben. Um ihre Freiheit.

Seit dem Ausbruch aus Tante Elfis Waisenhaus war Eltinger hinter den Schatten her. Wenn er Klara einfing und zurückbrachte, würde Tante Elfi dafür sorgen, dass sie ihr so schnell nicht wieder entwischte. Und wenn sie Klara dafür anketten musste wie einen Hofhund.

Klara schwitzte. Täuschte sie sich oder rückten die Häuser vor ihr immer dichter zusammen? Was war das überhaupt für eine Gasse? Es roch muffig und feucht, nach Müll und toten Ratten, süßlich und doch streng.

Sie kannte die Gegend um den Nollendorfplatz wie ihre Westentasche, aber hier war sie noch nie gewesen.

Hinter ihr keuchte Eltinger und wedelte mit der Perlentasche. »Bleib stehen, im Namen des Gesetzes!«

Nun, da er sich ihrer sicher zu sein schien, blieb er stehen und stemmte die Hände auf die Knie. Rasselnd sog er die Luft ein und stieß sie mit einem Pfeifen wieder aus.

Er war nur noch wenige Meter von Klara entfernt. Ihre Lunge brannte, der Puls hämmerte in ihren Schläfen. Nur nicht langsamer werden. Die Gasse machte eine Biegung, Klara schoss um die Ecke – und blieb wie angewurzelt stehen.

Es ging nicht weiter.

Vor ihr wuchs eine Mauer in den Himmel, vier oder fünf Meter hoch, unüberwindbar. Otto hätte vielleicht hinaufklettern können, aber sie? Nein. Jemand hatte mit schwarzer Farbe eine Katze auf die Backsteine geschmiert.

Nirgends eine Tür oder ein offenes Fenster. Es gab kein Entkommen. Sie saß in der Falle.

»Hab ich dich!«, schrie Eltinger. Er stakste durch die dunkle Gasse und musste auf seine Schritte achten, um nicht in eine Scherbe zu treten. An seinem dicken Zeh, der aus dem zerrissenen Seidenstrumpf ragte, hing etwas Braunes, Weiches.

Hoffentlich ist es Hundekacke, dachte Klara.

»Du Lausejunge, du verflixter!«, blaffte der Polizist.

Noch hielt er sie für einen Jungen. Aber das würde sich ändern, sobald er ihr die Mütze vom Kopf zog und ihre strohblonden, langen Haare sah.

»Na warte!«, brüllte er und streckte die Hand nach ihr aus. Er war ganz dicht an sie herangekommen.

Nein, dachte Klara. Du kriegst mich nicht.

Sie biss in seinen Zeigefinger, bis sie Blut schmeckte.

»Aaaah!«, brüllte Eltinger. Er zog seine Hand aus Klaras Mund und starrte ungläubig auf das Blut. »Verdammt! Das wirst du büßen!« Er warf die Arme in die Höhe. Im Gegenlicht wirkte er wie ein wütender Bär, bereit, die Pranken auf Klara hinuntersausen zu lassen.

Im diesem Moment sah Klara die Tür. Eine schmale, grün gestrichene Holztür in der Mauer, die einen Spaltbreit offen stand. Sie war eben noch nicht da gewesen, sondern ganz plötzlich aufgetaucht. Aus dem Nichts. Wie durch Zauberei.

Aber es gab keine Zauberei, das wusste Klara, sie war schließlich kein kleines Kind mehr.

Egal, dachte sie. Und während Eltinger weiter herumbrüllte, zog Klara die Tür auf und schlüpfte hindurch. Der Wachtmeister hechtete hinterher, aber Klara hatte die Tür zugeschlagen, bevor er sie packen konnte.

Jetzt bloß keine Zeit verlieren. Von einer geschlossenen Tür würde sich der Polizist nicht lange aufhalten lassen, selbst wenn er in einem Korsett und einer Rüschenbluse steckte.

Aber es ging nicht.

Die Dunkelheit, die sie umschloss, war so vollkommen, wie sie es noch nie erlebt hatte.

Es war, als ob sie aus dem sonnigen Berliner Sommertag in einen kilometertiefen Brunnen gefallen wäre und nun im Inneren der Erde saß. Sie sah keinen Funken, keinen Schemen, keinen Schatten. Nichts.

Und hören konnte sie auch nichts. Keinen Eltinger, der von außen gegen die Tür hämmerte, nicht einmal ihren eigenen Atem.

»Das ist aber komisch«, sagte Klara. Doch auch ihre Stimme wurde von der Stille verschluckt.

Vielleicht bin ich ja tot, dachte sie erschrocken. Vielleicht hat Eltinger mich vor lauter Wut mit der Perlenhandtasche erschlagen und nun bin ich in der Hölle.

»Ist das hier die Hölle?«, fragte sie, ohne sich dabei zu hören.

»Unsinn«, sagte plötzlich eine Männerstimme. Sie klang tief und rau und knarzend wie die Tür zu dem Verschlag, in den Tante Elfi ungehorsame Heimkinder tagelang einsperrte. »Wie kommst du denn auf so einen Quatsch?«

2. KAPITEL,

in dem es auch für Otto düster wird

Wo war Klara, verdammt noch mal? Um drei Uhr wollte sie zurück sein, sie hatte es ihm hoch und heilig versprochen, und nun war es fast vier. Seit einer halben Stunde rannte Otto im Bandenquartier auf und ab wie ein Tiger im Käfig.

Jetzt trat er wütend mit dem Fuß gegen die Kohlenkiste. Das war ein Fehler. Wenn man mit Paule Kowalski zusammenlebte, sollte man unvorsichtige Bewegungen vermeiden. In der alten Schreinerei brach die Hölle los.

Der Tritt gegen die Kiste löste eine Feder, die einen mechanischen Greifarm freigab. Der Arm fuhr nach vorn, holte ein Brikett aus der Kiste und schleuderte es in den Ofen. Ein Gummiband flutschte los, beschleunigte einen Feuerstein, der auf eine Stahlplatte prallte, Funken schlugen und setzten ein Gemisch aus trockenem Stroh, Sägespänen und alten Zeitungen in Brand.

Die Flammen erhitzten Wasser in einem Kessel, und der

Dampf, der sich in Kürze bilden würde, würde eine Reihe weiterer Kettenreaktionen auslösen, aber so weit ließ Otto es nicht kommen. Mit dem Schürhaken schob er die Kohle nach hinten und löschte so das Feuer.

»Paule«, stieß er wütend zwischen zusammenpressten Zähnen hervor. »Wenn ich dich in die Finger bekomme.«

Die Erfindungen ihres Mitbewohners trieben den Rest der Schattenbande fast zum Wahnsinn. Durch seine Experimente mit Feuer, Chemikalien und Wasserdampf, mit Schießpulver und Schrott hatte Paule die alte Schreinerei mehr als einmal beinahe in die Luft gejagt. Doch Otto hatte jetzt keine Zeit, sich über Paule zu ärgern. Er musste los. Vorher allerdings musste er mit Klara reden. Und die war immer noch nicht da.

Heute Morgen hatte Otto eine Nachricht von Billy Barrakuda erhalten. Ein herausgerissenes Blatt aus einem Notizbuch, das zusammengefaltet zwischen den beiden Latten steckte, die den Eingang zur Schreinerei verbarrikadierten. Es war nicht das erste Mal, dass der berühmte Berliner Reporter ihnen auf diese Weise eine Botschaft zukommen ließ.

An Otto!
PERSÖNLICH!!!

war auf die Vorderseite des Blattes gekritzelt. Und wenn man es aufklappte, stand da:

Komm um halb fünf in die Pension von Witwe Botts.
Zu niemandem ein Wort – auch nicht zu den anderen.
Ich brauche deine Hilfe!
Billy Barrakuda

Zu niemandem ein Wort – das hatte Billy sich so gedacht. Das ging natürlich nicht. Erstens waren die Schatten eine Bande und hatten keine Geheimnisse voreinander. Und zweitens konnte Otto nicht so gut lesen, weshalb er Lina gebeten hatte, die Nachricht des Reporters zu entziffern. Paules kleine Schwester schaffte es, geschriebene Buchstaben schneller in Worte und Sätze umzuwandeln, als andere einen Gedanken fassen konnten. Aber das behielt Otto lieber für sich – Billy musste ja nicht alles wissen.

Wenn der Reporter etwas von Otto und den Schatten wollte, dann lohnte es sich, pünktlich zur Stelle zu sein. Denn die Gefälligkeiten, die die Meisterdiebe Billy Barrakuda erwiesen, wurden gut bezahlt – und im Moment konnten die Schatten jeden Groschen brauchen.

Bei dem Gedanken an die Bezahlung begann Ottos Magen zu knurren. Geld bedeutete Essen. Er durfte keine Zeit mehr verlieren. Die Glocken der Apostelkirche schlugen vier, der Reporter würde nicht ewig auf ihn warten.

Wo steckte Klara? Normalerweise kam sie nie zu spät. Sie konnte einem ziemlich auf den Wecker gehen, aber pünktlich war sie immer.

»Zum Teufel aber auch.«

Otto kratzte sich in den Wirbeln, die seine tiefschwarzen Haare in alle Himmelsrichtungen stehen ließen. Wenn er schreiben könnte, hätte er eine Nachricht an sie geschrieben. Nach seinem Besuch bei Witwe Botts wollte er sich nämlich mit Klara und den anderen am Sportpalast treffen. Dort boxte heute Abend Max Schmeling, und im Publikum gab es für die Schatten immer einiges zu mopsen.

Egal. Er kletterte durch das Fenster in den Hinterhof und

schlüpfte durch die Toreinfahrt hinaus auf die Straße. Das Fenster war der einzige Zugang zur alten Schreinerei. Die Haustür war mit Brettern verrammelt und vernagelt, seit der Betrieb vor ein paar Jahren geschlossen hatte.

Kurz darauf überquerte er den Landwehrkanal und eilte die Straße entlang. Immer wieder blickte er über die Schulter nach hinten. Wenn er Glück hatte, erwischte er eine Elektrische.

Otto nickte zufrieden, als er in der Ferne das Rattern der Trambahn hörte. Die drei Pfennige für die Fahrt wollte er nicht zahlen. Er ließ die Bahn erst einmal vorbeifahren, sprintete im letzten Moment los und schwang sich auf das hintere Trittbrett. Jetzt musste er nur den Kopf einziehen, damit ihn der Schaffner nicht entdeckte.

Wie spät es wohl sein mochte? Billy wartete bestimmt schon ungeduldig auf ihn.

»Hat jemand von Ihnen die Uhrzeit?«, fragte er einen Herrn direkt neben sich.

Der Fahrgast zuckte erschrocken zusammen. Eine Hand schnellte zu seiner Uhrkette, die andere wahrscheinlich zu der Brieftasche in der Innentasche seines Überrocks.

Er hält mich für einen Dieb, dachte Otto.

Recht hatte der Mann, allerdings war Otto ein miserabler Taschendieb. Viel schlechter als Klara, auch wenn er es nicht gerne zugab.

»Fünf vor halb fünf«, erklärte eine rotwangige Dame, die auf der anderen Seite des Gangs saß.

»Danke«, rief Otto und machte einen Diener, wodurch er fast vom Trittbrett fiel.

Kurze Zeit später bog die Elektrische in die Potsdamer Straße ein. Bevor sie richtig zum Stehen kam, sprang Otto vom Wagen.

Das Mietshaus, in dem Frau Botts ihre Pension betrieb, sah aus, als würde es jeden Moment zusammenbrechen. Schief und krumm stand es zwischen den stolzen Bürgerhäusern auf der Potsdamer Straße, wie ein armes Dienstmädchen neben lauter Prinzessinnen. Die Witwe hatte ständig Ärger, weil es hereinregnete, von der Fassade bröckelte der Putz, selbst das Schild am Eingang hing nur noch an einer Schraube und schwankte bei jedem Windstoß quietschend hin und her. Auf dem Schild stand:

Pension Botts
3. Stock
Zimmer mit Aussicht

Otto schnaubte verächtlich. Sämtliche Fenster der Pension Botts führten nur zu einem hässlichen Lichtschacht, das wusste er.

»Aussicht ist Aussicht«, erklärte Frau Botts immer, wenn

man sie darauf hinwies, dass der Blick aus ihrer Pension nicht gerade berauschend war. »Andere Zimmer haben gar keine Fenster. Und manche haben Gitter.« Was wohl ein kleiner Hinweis darauf war, dass sie über die Machenschaften der Schatten informiert war.

Klara erledigte oft Botengänge für Frau Botts. Die Witwe stellte für einen Spielwarenfabrikanten Püppchen her, die Klara dann zu der Fabrik nach Tempelhof brachte. Dafür zahlte ihr die Witwe ein kümmerliches Botengeld.

Otto zog die Haustür auf und trat in den Flur. Im Treppenhaus roch es nach Kohlsuppe. Seufzend machte er sich an den Aufstieg. Er hasste Kohl, aber im Moment hätte er alles für einen Teller davon gegeben.

Schon im ersten Stock war er völlig außer Atem. Hinter einer Wohnungstür trillerte ein Kanarienvogel. Im zweiten Stock wurde gestritten. »Du Schuft!«, kreischte eine Frauenstimme. Ein Mann brüllte. Etwas klirrte.

Otto ging schnell weiter. Auf halber Treppe zum dritten Stock hörte er Schritte, die von oben herabtrappelten.

Zwei Männer in langen dunklen Mänteln kamen ihm entgegen. Die Hüte tief ins Gesicht gezogen, eilten sie die Stufen hinunter, sie schienen ihn gar nicht zu bemerken. Nun rannten sie beinahe.

»Achtung!«, rief Otto.

Zu spät. Der größere der beiden, lang und dürr wie eine Bohnenstange, stieß mit ihm zusammen und riss ihn fast um.

Der Dürre hastete weiter, ohne sich zu entschuldigen. Aber der andere verharrte einen Moment und starrte Otto ausdruckslos an. Oder vielmehr: Eines seiner Glupschaugen fixierte Otto, das andere stierte gegen die Wand.

Der Dürre packte seinen Begleiter am Ärmel und riss ihn weiter.

»Auf Wiedersehen, war mir ein Vergnügen«, rief Otto ihnen spöttisch nach.

Im dritten Stock stand die Tür zur Pension offen. Das war ungewöhnlich. Witwe Botts legte allergrößten Wert darauf, dass ihre männlichen Gäste keinen Damenbesuch und die weiblichen keinen Herrenbesuch empfingen, und sie wollte stets über alles genauestens Bescheid wissen. Deshalb öffnete sie die Tür immer selbst und kontrollierte jeden Besucher persönlich, bevor sie ihn zum Zimmer begleitete.

»Hallo?«, rief Otto.

Keine Antwort.

Ob die beiden Männer Pensionsgäste gewesen waren?

»Frau Botts?«

Sonst saß die Alte immer an ihrem Tisch im Zimmer neben dem Eingang und nähte an ihren Püppchen. Heute war das Zimmer leer.

»Billy?«

Auch von Billy Barrakuda fehlte jede Spur. Otto fragte sich, warum ihn der Reporter ausgerechnet in die Pension bestellt hatte. Als Otto ihn vor einigen Tagen in der Redaktion des *Lokal-Anzeigers* besucht hatte, hatte er mit keinem Wort erwähnt, dass er ihn treffen wollte.

Vermutlich war Billy wieder einer seiner brandheißen Geschichten auf der Spur, für die ihn seine Leser vergötterten. Beim Sammeln von Informationen ließ er sich gerne von Otto und dem Rest der Schattenbande helfen, denn die Bande übernahm Aufgaben, die der Reporter nicht erledigen konnte oder durfte: Türschlösser knacken oder einen Blick in einen

Tresor oder durch ein Dachfenster werfen, hinter dem sich Filmstars mit ihren Liebhabern trafen.

Hinten im Flur stand eine Tür einen Spaltbreit offen. Vielleicht wartete Billy dort auf ihn. Otto ging den Flur entlang, klopfte, wartete einen Moment, und als keine Antwort kam, schob er die Tür auf und trat ein.

»Heiliges Kanonenrohr!«, flüsterte er. Das Zimmer glich einem Schlachtfeld.

Die Schranktür hing schief in den Angeln, der Inhalt sämtlicher Schubladen des Bücherregals und des Büfetts war auf dem Boden verteilt. Ein Berg aus Scherben, Kleidern, zerknülltem Papier, Strümpfen, Hüten und Büchern. Auf dem Tisch lag eine umgekippte Flasche. Rotwein tropfte auf den Teppich.

Otto hörte ein leises Stöhnen, dann ein Röcheln.

»Ist hier jemand?«, fragte er.

Wieder stöhnte jemand.

Das Geräusch kam von dem umgekippten Diwan am Fenster. Die Vorhänge aus schwerem, dunkelblauem Brokat raschelten. Jemand schien daran zu ziehen, mit einem Ratsch riss der altersschwache Stoff entzwei.

»Frau Botts?« Otto hastete zu dem Sofa und schob es zur Seite. »Billy?«

Eine Gestalt lag da, halb verdeckt von dem Vorhang. Offenbar war sie hinabgesunken, als sie versucht hatte, sich an dem Vorhang hochzuziehen. Nun rührte sie sich nicht mehr.

Eine innere Stimme sagte Otto, dass er sich schleunigst aus dem Staub machen sollte. Aber vielleicht braucht die Person Hilfe, dachte er dann. Widerstrebend zog er das Tuch zur Seite.

Es war eine Frau, aber zu Ottos Erleichterung nicht die Pensionswirtin, sondern eine unbekannte Dame. Sie war ziemlich dick und sehr bleich. Durch den Sturz war ihr Wollrock nach oben gerutscht und legte die üppigen, seidenbestrumpften Beine bloß. Otto wandte hastig den Blick ab.

»Aaaarrrhh«, stöhnte die Frau.

Eine Alkoholwolke stieg von ihr auf. War sie betrunken?

»Was ist denn passiert?« Otto ging neben der Dame in die Knie und fuhr sofort wieder hoch.

Blut. Die Dame lag in einer Lache aus Blut.

»Wrrruhhgg«, gurgelte sie und hob ihre Hand,

als wollte sie Otto etwas zeigen, ließ sie dann aber wieder kraftlos fallen. Ihre Lippen bewegten sich, aber ein Laut kam nicht mehr heraus.

Otto beugte sich nach unten, bis sein Ohr beinahe den Mund der Frau berührte. Der Alkoholgeruch raubte ihm fast den Atem. »Wer hat Ihnen das angetan?«, flüsterte er.

Die Frau nuschelte etwas.

»Ich kann Sie nicht verstehen«, sagte Otto.

Die Dame versuchte es noch einmal. »Sol-jan-ka«, flüsterte sie.

»Soljanka?«, wiederholte Otto. Die Frau nickte, fasste sich an die Brust, als suchte sie dort etwas. Dann verdrehte sie die Augen und bewegte sich nicht mehr.

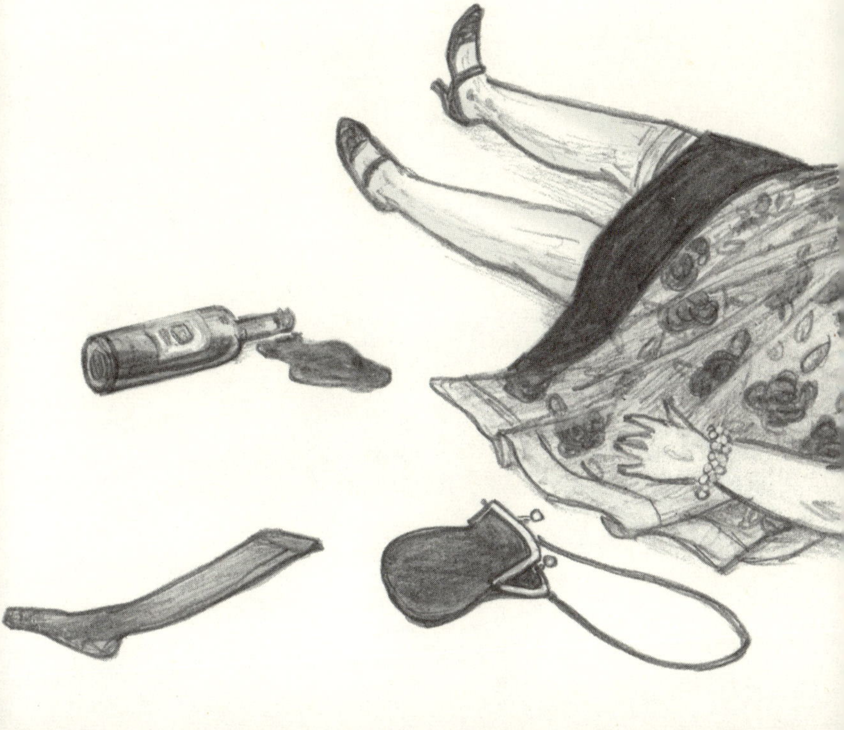

War sie tot? Und was hieß Soljanka? War das ihr Name? Frau Soljanka? Die Männer auf der Treppe, dachte Otto, vielleicht war einer von ihnen Soljanka. Jemand muss die Polizei alarmieren, überlegte er weiter. Aber wer? Ihm würde keiner glauben, dass er nichts mit der Sache zu tun hatte. Wo zum Teufel steckte Witwe Botts? Hatte man sie ebenfalls …? Und Billy, seinetwegen war er doch hier …

Ein Geräusch riss Otto aus seinen wirren Überlegungen. Er fuhr herum und sah einen Mann, der sich lautlos angeschlichen hatte. Der Mann stand direkt hinter ihm, die Arme hoch über seinen Kopf gestreckt. Er hielt etwas in den Händen.

Otto wollte schreien und weglaufen, sich wenigstens ducken. Aber es war zu spät.

3. KAPITEL,

in dem es viele Fragen und keine Antworten gibt

Klara wich erschrocken zurück, bis sie die Wand in ihrem Rücken spürte. Gänsehaut breitete sich über den ganzen Körper aus.

Ich sollte verschwinden, dachte sie. Nichts wie raus hier. Draußen erwartete sie zwar der wütende Eltinger, aber zumindest kannte sie ihn und wusste, was er mit ihr machen würde.

Von dem Kerl hier im Raum wusste sie nichts. Offensichtlich konnte er Dinge hören, die nicht zu hören waren. Oder Gedanken lesen.

Klara tastete im Dunkeln nach der Türklinke, aber sie spürte nur die rauen Steine einer unverputzten Mauer. Sie hatte sich nicht von der Stelle bewegt. Wo war die Tür, sie musste doch direkt hinter ihr sein?

»Wo bin ich?«, fragte sie.

»Was für eine Frage«, sagte die Stimme. »Das sieht man doch. Willkommen in der ›Schwarzen Katze‹, in Madame Fatales fabelhaftem Panoptikum.«

Der Mann klang spöttisch. Aber nicht gefährlich. Zumindest bildete Klara sich das ein. Schwarze Katze. Irgendwo in Klaras Hinterkopf klingelte etwas.

Richtig! So hieß doch das neue Revuetheater, das vor einigen Wochen eröffnet worden war. Ein schmales und recht unauffälliges Gebäude, das neben den vielen anderen bunten Varietétheatern in der Gegend fast unterging. Über dem Eingang, auch daran erinnerte sich Klara, prangte das Bild einer schwarzen Katze, die einen Buckel machte. Aber sie war doch gar nicht in der Nähe des Theaters gewesen, als sie das Zeichen in der Sackgasse gesehen und die grüne Tür sich geöffnet hatte.

»Können Sie nicht mal Licht machen?«, fragte sie und versuchte dabei, ihrer Stimme einen festen Klang zu geben, so als sei es das Normalste der Welt, in einem stockfinsteren Raum mit fremden Leuten ein Schwätzchen zu halten.

»Wozu das denn?«, fragte der Mann.

»Ich würde Sie gerne sehen«, erwiderte Klara.

Langsam gewöhnte sie sich an diese seltsame Art der Unterhaltung. Sie konnte ihre eigenen Fragen nicht hören, sondern nur die Antworten des Fremden, und die auch nicht wirklich mit den Ohren, sondern irgendwie – in ihrem Kopf.

»Dann mach doch einfach die Augen auf. Ich sehe dich schließlich auch.«

»Sie sehen mich?«, rief Klara.

Langsam wurde sie sauer. Der Kerl machte sich lustig über sie. Zu dumm, dass es so dunkel war, sonst hätte sie ihn ebenfalls gebissen wie Wachtmeister Eltinger.

»Das ist ja wohl ein Witz!«

»Geflickte Knickerbocker und ein ziemlich schmutziges,

blaues Hemd«, sagte die Stimme. »Dein linker Schuh hat ein Loch in der Sohle, beim rechten fehlt der Schnürsenkel. Dreck unter den Fingernägeln, schmutzige Ohren, Sommersprossen auf der Nase, grüne Augen – das wird Yvette gefallen. Blonde Zöpfe unter der Schiebermütze. Du siehst aus wie ein Junge, aber du bist ein Mädchen. Zwölf oder dreizehn, schätze ich mal.«

Klara schnappte nach Luft. Der Mann konnte sie wirklich sehen. Oder hatte er sie schon beobachtet, bevor sie sich in den dunklen Raum geflüchtet hatte? Aber wie konnte er von dem Loch in ihrer Schuhsohle und den Zöpfen unter ihrer Mütze wissen?

»Alles falsch!«, behauptete sie, aber ihre Stimme zitterte. Jedenfalls ihrem Gefühl nach, sie konnte sich ja selbst nicht hören.

»Ich weiß noch mehr von dir.«

»D-d-da bin ich aber mal gespannt.«

»Du lügst wie gedruckt.«

Klara suchte nach einer Antwort, aber ihr fiel nichts ein. Das kam selten vor.

»Vielleicht sagst du mir für den Anfang, wie du heißt«, fuhr der Fremde fort. »Findest du es nicht unhöflich, hier so hereinzuplatzen, ohne dich vorzustellen?«

»Ich heiße Klara«, sagte Klara. »Und Sie?«

»Mein Name ist Oscuro.«

»Also, Herr Oscuro …« Klara war den Tränen nahe. Auch das passierte eigentlich so gut wie nie. Eher heulten Otto oder Paule, bevor Klara zu weinen begann. Von Lina ganz zu schweigen. »Ich kann Sie nicht sehen. Ich kann hier drin nämlich überhaupt nichts sehen. Wenn Sie nicht Licht machen, dann ... gehe ich wieder raus und lasse mich von Wachtmeister Eltinger verhaften und ins Waisenhaus bringen. Und Sie sind schuld, wenn ...«

»Halt!«, rief Oscuro. »Bitte nicht drohen. Drohungen ertrage ich nicht. Was ist das?«

»Was ist was?«

»Ein Waisenhaus.«

»Das ist ein Gefängnis für Kinder ohne Eltern. Man wird dort gequält und ausgelacht.«

»Das kenne ich«, sagte Oscuro. »Da war ich auch schon mal. Das ist kein guter Ort.« Er machte eine kurze Pause. »Na komm, dann wollen wir mal. Ich bringe dich zu Madame Fatale.«

Und bevor Klara widersprechen konnte, nahm er ihre Hand. Aber das war irgendwie keine Menschenhand. Das war eine haarige Affenpfote, eine pelzige Tatze, eine Monsterpranke!

»Lassen Sie mich los! Ich will nicht mitkommen! Hilfe!«, brüllte Klara voller Panik. Doch ihre Schreie verloren sich in der Stille, keiner hörte sie. Außer Oscuro natürlich, der jetzt stehen blieb.

»Was ist denn los?«, fragte er ungeduldig.

»Ihre Hand«, wimmerte Klara. »Sind Sie etwa ...?«

»Bitte?«

»... ein Monster?«, wisperte Klara.

»Nein, natürlich nicht.« Oscuro klang auf einmal sehr verletzt.

»Was sind Sie dann?«

Oscuro zog seine haarige Hand aus ihrer und schwieg. Vielleicht dachte er über eine Antwort nach, vielleicht war er auch schon weggegangen und hatte Klara mutterseelenallein zurückgelassen. Zu ihrer großen Erleichterung antwortete er schließlich doch.

»Ihr Menschen«, sagte er leise. »Ihr haltet euch für etwas Besonderes mit eurer nackten Haut, euren schlechten Augen und euren erbärmlichen Ohren. Und alle, die anders sind und die anders aussehen als ihr, die sperrt ihr ein und verlacht sie. Ihr glaubt, alles zu wissen, aber ihr versteht nichts.«

»Ich wollte Sie nicht beleidigen, Herr … äh … Oscuro«, erklärte Klara. »Ich bin nur erschrocken, weil sich Ihre Hand so komisch anfühlt.«

»Das könnte ich von deiner auch behaupten.«

Er war eindeutig beleidigt.

»Komm jetzt, weiter. «

Klara musste ihm folgen, es blieb ihr gar nichts anderes übrig. Ihre Augen wollten sich einfach nicht an die Dunkelheit gewöhnen. Sie nahm Oscuros haarige Hand und hielt sie fest und stolperte neben ihm durch die Finsternis. Stundenlang. Jedenfalls kam es ihr so vor. Zweimal hatte sie das Gefühl, sie marschierten bergauf, einmal stieg ihr alles Blut in den Kopf, und sie hätte geschworen, sie stünde auf dem Kopf.

Am Anfang stellte sie Oscuro noch Fragen, wo er herkam, wer diese Madame Fatale war und was es mit der »Schwarzen Katze« auf sich hatte, aber entweder hörte er sie nun auch nicht mehr oder er war zu gekränkt, um zu antworten.

Irgendwann gab Klara auf und schwieg ebenfalls.

Sie dachte an Wachtmeister Eltinger und fragte sich, ob er immer noch vor der grünen Tür stand und auf sie wartete. Und sie dachte an den Rest der Schattenbande. Ob sie Otto, Paule und Lina jemals wiedersehen würde? Vielleicht würde sie ja bis an ihr Lebensende neben Oscuro durch die Dunkelheit marschieren?

Irgendwann sah sie Licht. Ein helles Rechteck, das in der Finsternis schwebte wie ein sehr kleines Bild an einer sehr großen Wand.

»So«, sagte Oscuro. »Wir sind da. Nun kommst du ja wohl allein zurecht. Auf Wiedersehen. Oder auch nicht.«

Er klang immer noch ziemlich sauer.

»Auf Wiedersehen. Und bitte entschuldigen Sie vielmals, ich wollte Sie wirklich nicht …«

… kränken, wollte Klara sagen, aber er hatte seine Pranke schon aus ihrer Hand gezogen. Und war weg. Vielleicht stand er auch neben ihr und beobachtete sie.

»Vielen Dank«, sagte Klara in die Finsternis hinein.

Dann ging sie auf das helle Viereck zu. Jetzt kehrten plötzlich die Geräusche zurück. Sie hörte das Blut in ihren Ohren rauschen, sie hörte ihren Atem und den Klang ihrer Schritte.

»Na endlich«, sagte sie und hörte auch das.

Das helle Rechteck war ein Durchgang, erkannte sie jetzt, eine Öffnung in der Wand, vor der ein Perlenvorhang hing. Er klimperte leise, als Klara ihn zur Seite schob.

Aus der riesigen Dunkelheit trat sie in eine winzige Kammer. Zigarettenrauch lag in der Luft. Kerzen erleuchteten den Raum, der bis in den letzten Winkel vollgestopft war: Möbel, Spiegel, Bilder in verschnörkelten, goldenen Rahmen, Einmachgläser, deren Inhalt Klara nicht ausmachen konnte, ein beleuchteter Globus, zwei Bären, die hoffentlich ausgestopft waren, ein Skelett mit Diadem auf dem nackten Schädel und einem grünen Jäckchen über den klapprigen Schultern, Schaukästen mit Schmetterlingen und Käfern.

In der Mitte der Kammer stand eine sehr schlanke, sehr blasse Frau.

Ihre Augen waren von kohlschwarzen Schatten umrandet, die an beiden Seiten in geschwungenen Linien endeten. Ihr Gesicht war weiß gepudert. Die schwarzen Haare hatte sie auf dem Kopf aufgetürmt, darin steckte eine Haarnadel, mit der man gut und gerne ein Spanferkel aufspießen konnte. Am Ende dieser Lanze baumelte ein grüner Edelstein, der in einer Art goldenem Käfig zu schweben schien. Bei jeder Bewegung warf er grüne Blitze in den Raum.

Sie war ganz in grünen Samt gekleidet: enge Hosen und darüber einen Frack mit glitzernden Knöpfen. Einen Teil ihrer Größe verdankte sie den hohen Absätzen ihrer Schuhe. Goldene Schuhe, die wahrscheinlich sehr unpraktisch waren, aber sehr elegant wirkten.

»Gefallen sie dir?«, fragte die Dame. Sie dehnte die Vokale und betonte jede einzelne Silbe. Dabei starrte sie Klara in die Augen.

Klara nickte. Jetzt funktionierten zwar ihre Ohren wieder,

aber sie brachte keinen Ton hervor. Das lag an den Augen der Dame – Augen, die in sie hinein und durch sie hindurch blickten, die Dinge in ihr entdeckten, von denen Klara selbst noch nichts wusste.

»Oh, Verzeihung.«

Die Frau kramte in einer kleinen Schatulle, aus der beim Öffnen eine Melodie klimperte, und zog eine Brille mit dunkelgrünen Gläsern hervor. Die Brille hatte keine Bügel, sondern musste auf die Nase geklemmt werden.

»Voilà, très bien. So ist es besser. – Du bist also Mademoiselle Claire«, wandte sie sich wieder Klara zu, fasste sie an beiden Schultern und musterte sie kritisch. »Ja, ja, ja, die Helle, die Strahlende, die Klare. Nun, dazu müssten wir dich erst einmal abschrubben. Aber jetzt ist keine Zeit.« Ihre Stimme wurde hart. »Madame erwartet dich.«

Ein paar Minuten später saß Klara in einem Büro. An der einen Wand des Raums standen deckenhohe Regale, in denen ein wildes Durcheinander aus Aktenmappen und Büchern herrschte. An der Wand gegenüber hingen dicht an dicht Plakate, wie eine Tapete. Sie warben in allen Sprachen der Welt für die sensationellen Aufführungen der »Schwarzen Katze«. Einige der Schriften konnte Klara nicht lesen, die seltsamen Buchstaben tanzten hin und her.

Hinter einem wuchtigen Schreibtisch aus dunklem Holz saß eine Frau. Sie war sehr groß und dünn, hatte ein strenges, schmales Gesicht und trug ein dunkelblaues Kostüm, das so sauber und glatt aussah, als hätte sie es gerade zum ersten Mal angezogen. Ihre grauen Haare waren zu einem festen Dutt geknotet.

Sie sieht aus wie eine Lehrerin, dachte Klara und schauderte. Lehrerinnen waren ihr ein Gräuel, obwohl sie im Grunde nie in die Schule gegangen war.

Klara durchquerte zögernd den Raum und blieb vor dem riesigen Tisch stehen.

»Sind Sie Madame Fatale?«, fragte sie.

»Setz dich!«, sagte die Dame, ohne auf die Frage einzugehen.

Klara setzte sich ihr gegenüber auf einen samtbezogenen Hocker, der allerdings so niedrig war, dass sie gerade eben über die Tischkante schauen konnte. Die Frau starrte in eine große Kristallkugel, wie sie Wahrsagerinnen auf Jahrmärkten benutzten.

»Klara Schlapp«, murmelte Madame Fatale.

»Woher kennen Sie meinen Namen?«, fragte Klara, denn dass sie Schlapp hieß, wusste niemand. Sie hasste ihren Nachnamen, das Einzige, das ihre Eltern ihr mitgegeben hatten, als sie sie als Wickelkind vor dem Eingang des Doms zurückgelassen hatten. *Klara Schlapp* hatte auf dem Zettel gestanden, den man in ihren Windeln gefunden hatte.

»Wir haben nicht viel Zeit«, sagte die Frau, die auch diese Frage offenbar überhört hatte. »Da draußen warten jede Menge Leute auf mich.« Sie deutete auf die Tür an der anderen Wand. »Also, was willst du wissen?«

»Ich?«, fragte Klara verwirrt. »Gar nichts. Ich bin nur zufällig in diesem dunklen Raum gelandet. Und dann hat mich dieses seltsame Wesen zu der grünen Frau und die mich zu Ihnen gebracht.«

»Niemand kommt zufällig zu mir«, korrigierte die Dame. »Und Oscuro ist kein seltsames Wesen. Er ist ein Dunkelmensch. Ich habe ihn in Feuerland auf einem Jahrmarkt entdeckt. Diese Barbaren hatten ihn in einen Käfig gesperrt und zeigten ihn für Geld her. Unfassbar. Wenn ich ihn nicht befreit hätte …« Sie schüttelte sich vor Schauder.

»Was ist denn ein Dunkelmensch?«, fragte Klara.

Fragen schien die Frau nicht zu mögen, jedenfalls ignorierte sie auch diese.

»Zur Sache«, sagte sie. »Möchtest du deine Zukunft erfahren?«

»Nein«, sagte Klara. Sie glaubte nicht an Wahrsagerei. Dieser eigenartige Raum und die rätselhafte Stille darin und der Dunkelmensch interessierten sie viel mehr.

»Sehr klug«, sagte die Dame. »So viel Klugheit hätte ich dir gar nicht zugetraut. Es ist Yvette Lorraine gar nicht leichtgefallen, die grüne Tür zu imaginieren, bei dem Tempo, das du vorgelegt hast. – Ich brauche ein Haar von dir«, wechselte sie abrupt das Thema.

»Ein Haar?«

»Tu einfach, was man dir sagt.« Madames Geduld schien am Ende. Klara riss sich ein Haar aus.

Madame nahm es entgegen, hielt es mit der einen Hand fest und ließ es zwischen Zeigefinger und Daumen der anderen Hand hindurchgleiten. Das wiederholte sie dreimal. Zwischendurch runzelte sie die Stirn, seufzte einmal, dann drückte sie den Rücken durch.

»Ich werde dir nun zwei Worte mit auf den Weg geben, die du in genau drei Tagen«, sie warf einen Blick auf die Uhr, die um ihren Hals hing, »neun Stunden und zweiundvierzig Minuten brauchen wirst. Merke sie dir gut. Sie heißen: *Raum 56.*«

»Bitte was?«, rief Klara und sprang auf. »Was soll das jetzt?«

»Das wirst du zum gegebenen Zeitpunkt verstehen«, erklärte die Dame. »Und nun: Adieu!«

Klara dachte gar nicht daran zu gehen. Sie hatte noch eine Menge Fragen an diese rätselhafte Wahrsagerin.

»Woher wissen Sie das alles?«, fragte sie. »Und woher kennen Sie mich?«

Die Dame hob ihre schmale, dürre Hand und schnippte mit den Fingern. Maunzend erhob sich in der Zimmerecke ein schwarzer Kater, den Klara bisher nicht bemerkt hatte. Das Tier machte einen Buckel, stolzierte gelangweilt zur Tür und öffnete sie, indem es auf die Klinke sprang. Dann verschwand es nach draußen.

Sekunden später erschien ein bulliger, glatzköpfiger Kerl im Türrahmen.

Der Kater hat ihn geholt, dachte Klara. Oder der Kater hat sich in den Mann verwandelt – der hat doch so dicht und schwarz behaarte Arme. Nein, was für ein Blödsinn, so etwas gibt es nicht!

»Das Fräulein möchte gehen«, sagte die Wahrsagerin.

Der Kerl stellte sich neben den Tisch, verschränkte die Arme vor der Brust und wippte auf den Fußballen, während er Klara anstarrte, als wäre sie das Kaninchen und er die Schlange. Er war unglaublich muskulös.

»Ich gehe ja schon«, murmelte sie und stand auf.

»Du hast deine Tasche vergessen«, sagte die Dame, als Klara schon fast an der Tür war.

Sie griff unter den Tisch, zog eine perlenbesetzte Handtasche hervor und reichte sie dem Muskelmann, der sie an Klara weitergab. Klara blieb der Mund offen stehen. Das war Wachtmeister Eltingers Tasche.

»Das ist doch …«, stammelte sie.

Der Muskelmann beachtete sie gar nicht. Er schob Klara wortlos auf die Straße.

4. KAPITEL,

in dem ein Messer plötzlich wieder auftaucht

Auf Ottos Kopf tanzte ein Kobold. Er drehte und wendete sich, trampelte mit den Füßen und sprang hoch in die Luft. Und weil er schwere Holzschuhe trug, tat jeder seiner Schritte entsetzlich weh.

Hör sofort auf damit!, wollte Otto rufen, aber er brachte keinen Ton heraus. Er versuchte, die Hand zu heben, um den Gnom zu vertreiben, aber auch das funktionierte nicht.

»Lebt er noch?«, hörte Otto jemanden sagen. Es war keine piepsende Koboldstimme, sondern ein tiefer, grollender Bass.

Ottos Augenlider waren schwer wie Blei, es erforderte seine ganze Willenskraft, sie zu heben. Zuerst öffnete sich nur ein winziger Spalt, aber was er da sah, genügte, um die Augen weit aufzureißen. Und sie wieder zuzukneifen. Und wieder aufzureißen.

Ein Troll. Ein Monster. Auf jeden Fall ein gewaltiger Riese.

Stopp!, ermahnte sich Otto. Worauf kommt es an, Otto Karwuttke? Wie lautet die erste Regel für einen Meisterdieb? »Immer die Nerven behalten und dann …«, murmelte er leise.

»Er hat was gesagt«, brummte der Riese.

Nerven behalten! Es war kein Riese. Aber ein Mann wie ein Berg. Er thronte auf einem Stuhl, oder vielmehr – nur ein Teil von ihm thronte, der Rest seines massigen Körpers quoll rechts und links über die Sitzfläche hinaus. Das Doppelkinn stützte er auf seine fette Hand und betrachtete Otto mit einer Mischung aus Misstrauen und Mitleid.

Was ist hier los?, wollte Otto fragen, aber ihm blieben die Worte in der Kehle stecken. Er lag auf dem Fußboden, doch das war nicht schlimm – jedenfalls nicht so schlimm wie die Handschellen, die ihm in die Gelenke schnitten.

Neben dem Riesen stand ein großer Mann mit zusammengewachsenen Augenbrauen, der Otto irgendwie bekannt vorkam. Und hinter diesem drängten sich drei Schupos.

Schupos?

Schupos!

Mit einem Mal kam Ottos Erinnerung zurück.

Das verwüstete Zimmer. Die sterbende Frau, der Alkoholgestank, das Blut. Er erinnerte sich auch an den Mann, der plötzlich hinter ihm mit einer Keule oder einem Stock aufgetaucht war. Damit hatte er Otto bewusstlos geschlagen. Wie auf ein Stichwort begann der Kobold wieder auf seinem Kopf zu tanzen.

»Aua«, wimmerte Otto.

»Na also«, sagte der Dicke auf dem Stuhl zufrieden. »Unkraut verdirbt nicht.«

»Hätte ich nur fester zugeschlagen«, schimpfte der große Mann neben ihm. »Pfui Teufel! So jung und schon so verkommen.« Er machte ein Gesicht, als hätte er etwas Verdorbenes gegessen.

Diese zusammengewachsenen Augenbrauen. Otto überlegte fieberhaft, woher er das Gesicht kannte. Vorsichtig versuchte er sich aufzurichten. Aber es ging nicht.

»Mach ihm doch mal einer diese verfluchten Handschellen ab«, sagte der Riese.

»Aber, Herr Trettoff …«, stammelte der schlaksige Wachtmeister.

Trettoff. Beim Klang dieses Namens bollerte der Kobold sofort wieder los. Kriminalkommissar Heinrich Trettoff. Der berühmteste Polizist Berlins, vielleicht sogar ganz Deutschlands.

»Was denn?«, knurrte der Dicke. »Mit dieser halben Portion werd ich gerade noch fertig.«

Der Schupo nickte hastig, dann bückte er sich und schloss die Handschellen auf.

»Halbe Portion?«, wiederholte der große Mann entrüstet. »Der Junge ist vielleicht noch nicht ganz ausgewachsen. Aber an Gewissenlosigkeit nimmt er es mit jedem erwachsenen Raubmörder auf. Ich hab genau gesehen, was er getan hat. Die arme Frau Drosskova!«

Mit einem Mal fiel Otto ein, woher er ihn kannte. Der Mann hieß Fritz Steinbrecher und war einer der Untermieter der Witwe Botts. Otto hatte ihn noch nie gemocht, und offensichtlich beruhte diese Abneigung auf Gegenseitigkeit. Er rappelte sich hoch.

»Was reden Sie da?«, stammelte er. »Glauben Sie etwa …?«

»Tu nicht so! Du hast sie umgebracht, du kleiner Teufel!«

»Ich? Warum sollte ich so etwas tun?«

»Aus Geldgier«, schnaubte Steinbrecher.

Neben ihm tauchte das runde Gesicht von Witwe Botts auf. Ihre Wangen glühten rot. »Nein, nein, nein«, sagte sie. »Das kann ich mir nicht vorstellen. Otto ist ein Lausebengel, aber bestimmt kein Mörder.«

Die Dame, die Otto in ihrem Blut gefunden hatte, war also die Großfürstin Drosskova, eine Russin, die sich vor ein paar Monaten bei der alten Botts eingemietet hatte. Otto hatte sie vorher nie gesehen, aber Klara hatte einmal einen Botengang für sie erledigt. Hinterher hatte die Russin ihr acht Pfennige gegeben. »Die knauserige Kuh«, hatte Klara geschnaubt.

Nun war sie tot. Und weil man Otto am Tatort überrascht hatte, hielten ihn alle für den Mörder.

Er blickte sich verstohlen um. Die Tote war nirgendwo zu sehen. Man hatte ihn wohl in ein anderes Zimmer gebracht. Der Raum, in dem er sich befand, war ordentlich aufgeräumt. Über der Tür hing ein Kreuz, auf dem Tisch am Fenster stand ein Strauß Seidenblumen. Vermutlich war es das Wohnzimmer von Frau Botts.

»Es ist ja wohl klar, dass der Bengel schuldig ist«, giftete Steinbrecher.

»Ich war das nicht!« Ottos Stimme knarrte wie eine rostige Tür.

»Den Spruch kenn ich«, sagte der Kriminalkommissar ruhig, aber er lächelte Otto dabei an, was diesen verwirrte. »Und Sie halten einfach mal die Luft an«, wandte er sich dann Steinbrecher zu.

Der zuckte beleidigt mit den Achseln, sagte aber nichts weiter. Jeder gehorchte, wenn Trettoff etwas befahl.

Otto und auch kein anderer der Schattenbande hatte jemals mit dem berühmten Kommissar zu tun gehabt. Das wäre auch noch schöner gewesen – oder besser, noch schlimmer, denn Trettoff ermittelte nur, wenn es um die ganz dicken Dinger ging. Er war der Leiter des Morddezernats. »Hundert-Prozent-Heinrich« war einer der vielen Spitznamen, die ihm die schweren Jungs in den Kaschemmen rund um den Nollendorfplatz verliehen hatten. Weil Trettoff niemals lockerließ und früher oder später einfach jeden schnappte.

Der Riese beugte sich ein Stück weiter nach vorn. Sein Gesicht war nur noch wenige Zentimeter von Ottos Stirn entfernt.

»Und jetzt zu dir. Wie heißt du?«

»Karwu…«, drängelte sich die Witwe Botts dazwischen.

Der Dicke warf ihr einen bösen Blick zu. Die Frau wischte sich den Schweiß mit einem Spitzentüchlein von der Stirn und schwieg.

»Wie heißt du?«, wiederholte Trettoff.

»Karwuttke. Otto.«

»Alter?«

»Dreizehn.«

»Adresse?«

»A-A-Adr…«

Das war eine schwierige Frage. Das Bandenversteck am Lützowufer durfte Otto auf keinen Fall preisgeben. »Ich wohne in der … äh … bei meiner … äh … Großmutter. Auf der K-K-Kurfürstenstraße.«

»Soso.« Trettoff schien äußerst skeptisch. »Und wie heißt diese … äh … Großmutter?«

»Ma-ma-ma…«

Trettoff starrte ihn an. »Hast du was im Hals?«

»Mathilde …«, brachte Otto endlich hervor.

Wenn bloß Klara hier wäre, dachte er, sie hatte immer eine Geschichte parat. Sie brachte die tollsten Dinge hervor, so gut, dass sie manchmal selbst daran glaubte. Sein Blick fiel auf den Seidenblumenstrauß auf dem Tisch.

»Mathilde Röschen.«

»Mathilde … aha …«, sagte Trettoff. »Röschen … mhm …« Er holte ein schwarzes Lederbüchlein aus der Tasche, schrieb aber nichts hinein. »Doch nicht die von der Konditorei Sonnenschein auf der Kurfürstenstraße?«

»Genau«, ächzte Otto erleichtert, aber im selben Augenblick merkte er, dass er Trettoff auf den Leim gegangen war. Eine Konditorei Sonnenschein auf der Kurfürstenstraße gab es bestimmt ebenso wenig wie seine Mathilde Röschen. Wenn einer alle Konditoreien weit und breit kannte, war das Trettoff. Seiner Vorliebe für Kuchen verdankte der Polizist ein bis zwei Zentner seiner Körpermasse.

Trettoff richtete sich auf. »Wenn ich dir mal was verraten darf, mein lieber Otto Karwuttke: Du sitzt ganz schön in der Tinte.«

»Aber ich hab doch schon gesagt, dass ich nichts mit der Sache zu tun habe.« Otto wollte aufspringen, aber der Schupo drückte ihn wieder nach unten. »Als ich hier reingekommen bin, hab ich das Stöhnen gehört und dann hab ich die Frau auf dem Fußboden gesehen. Und bevor ich Hilfe holen konnte, hat dieser Hornochse mich niedergeschlagen.« Er zeigte mit dem Daumen auf Steinbrecher. »Ich bin unschuldig, das müssen Sie mir glauben.«

Ein etwas jüngerer Mann in einem karierten Jackett betrat den Raum. Ganz offensichtlich gehörte er zur Polizei, denn der Schupo an der Tür ließ ihn sofort durch. »Schönen guten Tag, Herr Kollege«, begrüßte er Trettoff. Dabei lächelte er Otto zu und zog die Augenbrauen nach oben, als wollte er sagen: Kerlchen, in was bist du denn da hineingeraten?!

»Budde? Was machen Sie hier?« Trettoff schaute ihn erstaunt an.

»Bei uns ist ein Raubüberfall gemeldet worden«, erklärte Budde.

»Drüben liegt eine tote Großfürstin, eindeutig eine Sache fürs Morddezernat. Und was soll hier schon geklaut worden sein?«

Mit schwungvollen Schritten trat Budde neben den Kommissar, beugte sich zu seinem Ohr hinunter und flüsterte ihm etwas zu. Otto glaubte, etwas von »Diamanten« und »Bande« zu hören, aber er war sich nicht sicher.

Trettoff lauschte, nickte, knurrte ein oder zwei Mal und sagte: »Verstehe. Aber tot ist tot. Wir übernehmen die Ermittlungen.«

»Dann scheint ihnen das hier …«, Budde reichte Trettoff lächelnd einen Gegenstand, der von einem Taschentuch umwickelt war, »… wohl entgangen zu sein.« Otto spürte, dass die beiden Herren nicht unbedingt die besten Freunde waren.

Trettoff hob das Taschentuch an, ohne den Gegenstand zu berühren.

Otto japste laut, sein Gesicht lief rot an und verlor dann schlagartig alle Farbe. Dem Kommissar entging das nicht. »Hast du dieses Messer schon mal gesehen?«

»Ist die Frau damit …?« Otto schluckte.

»Das ist die Tatwaffe, ganz genau. Der Mörder hat sie aus dem Fenster in den Lichtschacht geworfen«, sagte Budde.

Trettoff nahm das Messer mit den Spitzen von Daumen und Zeigefinger. Eine blutverkrustete, leicht gebogene Klinge, die in einem Holzschaft steckte.

Otto hatte es sofort erkannt: Das Messer gehörte ihm. Er

hatte es vor ein paar Wochen verloren. Es gab keinen Zweifel. Das Holz des Griffes war dunkelbraun, alt und ziemlich zerkratzt. Und an der Oberseite befanden sich zwei Einkerbungen, eine etwas tiefer als die andere.

Als Otto die Augen hob, begegnete er Trettoffs lauerndem Blick.

»Erkennst du es?«, fragte der Kommissar.

»Ich habe das Messer noch nie gesehen.«

»Du bist ja ganz blass.« Die Stimme des Kommissars klang plötzlich besorgt. »Geht es dir nicht gut?«

»Doch, doch. Ich meine … nein, natürlich nicht. Diese Russin ist ermordet worden. Das ist doch furchtbar.«

»Das ist wirklich furchtbar.« Der Kommissar verstaute die Waffe in aller Seelenruhe wieder in einer Papiertüte und reichte sie einem Schupo. Dann seufzte er. »Nun, wenn du das Messer nicht kennst, dann werden wir bestimmt auch keine Fingerabdrücke von dir darauf finden.«

Ottos Herz raste. So ein Mist! Griff und Klinge waren bestimmt voll von seinen Spuren.

»Möchtest du mir noch etwas sagen, Otto Karwuttke?«, fragte Trettoff.

Der Kobold, der eine ganze Weile stillgehalten hatte, sprang plötzlich einen halben Meter hoch und landete mit beiden Füßen hart auf Ottos Kopf.

»Auaa!«, wimmerte Otto. »Mein Kopf!«

»Das ist das schlechte Gewissen«, flüsterte Steinbrecher hämisch.

Der Kommissar erhob sich schnaufend. Er war nicht viel kleiner als Steinbrecher, dafür aber mindestens doppelt so dick. »Hab ich Ihnen nicht gesagt, dass Sie sich zurückhalten sollen?«, fragte er Steinbrecher und flüsterte dann gefährlich leise: »Vielleicht war es der Junge ja gar nicht …«

»W-w-w-wie bitte? Was wollen Sie denn damit andeuten?«

»Vielleicht haben Sie die Großfürstin erstochen.« Der Kommissar musterte Steinbrecher mit kaltem Blick. »Aber keine Sorge. Das kriegen wir raus.« Er klatschte in die Hände. »Abführen!«

»Wen?«, fragte einer der Polizisten. Sein Blick wanderte zwischen Steinbrecher und Otto hin und her.

»Wir nehmen erst mal nur den Jungen mit. Und Sie, Herr Steinbrecher, melden sich morgen früh im Polizeipräsidium am Alexanderplatz. Acht Uhr, Abteilung vier. Inspektion A. Mordkommission. Seien Sie pünktlich!«

5. KAPITEL,

in dem die Schatten einen verwegenen Plan schmieden

»Achtung, sie kommen!« Klara riss gleichzeitig an Linas Hand und an Paules Schulter.

Die drei Schatten duckten sich in den Hauseingang des schäbigen Mietshauses. Auf der gegenüberliegenden Straßenseite war soeben die Tür aufgegangen. Zwei Polizisten traten auf die Straße, gefolgt von einem wirklich unglaublich dicken Herrn im Anzug. Ihn hatten Klara, Paule und Lina schon vor einer halben Stunde beim Betreten des Hauses beobachtet.

»O nein!«, rief Klara, um sich gleich danach erschrocken die Hand vor den Mund zu schlagen.

Denn nun kam Otto aus dem Haus. In Handschellen. Mit gesenktem Kopf trottete er hinter dem Dicken her. Neben ihm ging ein jüngerer Mann in kariertem Jackett, er hatte eine Hand auf Ottos Schulter gelegt, als wollte er ihn trösten.

Ein weiterer Schupo folgte der kleinen Prozession zu dem Polizeiwagen, der direkt vor dem Haus parkte.

»Was machen die mit Otto?«, flüsterte Lina aufgeregt. »Wo bringen die ihn hin?«

»Schsch!«, machten Klara und Paule im Chor. Dabei waren die Polizisten viel zu weit entfernt, um sie zu hören.

Wenn Otto doch wenigstens einmal herübergeschaut hätte, dachte Klara. Aber er starrte zu Boden, bis der Karierte ihn auf die Rückbank des Polizeiwagens schob. Auf der Beifahrerseite stieg der Dicke ein. Das Automobil senkte sich bedrohlich nach unten, als er Platz nahm.

Einer der Schupos kurbelte den Motor an, dann sprang er hinters Steuer und fuhr los.

»Mist!«, fluchte Klara, als der Wagen weg war.

Nach ihrem Besuch in der »Schwarzen Katze« war Klara sofort ins Bandenquartier gerannt, weil sie darauf brannte, den anderen von ihrem merkwürdigen Besuch bei der Wahrsagerin zu erzählen. Wenn sie jetzt darüber nachdachte, erschien es ihr wie ein verrückter Traum. Aber die Perlenhandtasche von Wachtmeister Eltinger war der Beweis, dass sie das Ganze wirklich erlebt hatte.

Und – das Allerwichtigste – in der Handtasche war eine Geldbörse mit fünf Reichsmark gewesen. Klaras Magen knurrte, wenn sie darüber nachdachte, was man mit diesem Geld alles kaufen konnte. Essen für mindestens eine Woche.

Bei Klaras Ankunft im Bandenquartier hatten sie die Nachricht von Billy Barrakuda gefunden und Otto war schon weg gewesen. Klara wollte zuerst einmal Essen besorgen, aber Lina hatte darauf bestanden, dass sie sich ebenfalls auf den Weg in die Potsdamer Straße machten.

»Otto braucht uns«, hatte sie ganz entschieden gesagt.

Lina war so. Sie spürte Dinge, von denen andere keine Ahnung hatte. Zum Beispiel hatten sie Moneten-Mizzi prophezeit, dass sie sich den Arm brechen würde – und drei Tage später war Mizzi tatsächlich die Treppe hinuntergefallen. Lina witterte Unheil, wie andere Bratenduft rochen, und sie spürte, ob man einem Menschen trauen konnte oder ob er ein falsches Spiel spielte.

Und wenn sie eine ihrer Andeutungen machte, dann nahm man sie besser ernst. Deshalb wollte Klara auch nicht lange mit ihr diskutieren.

Nun zeigte sich, dass Lina wieder einmal recht gehabt hatte. Otto steckte bis zum Hals in Schwierigkeiten, auch wenn Klara bislang keinen Schimmer hatte, in was er da hineingeraten war.

»Kiek ma da!«

Paule stieß ihr den Ellenbogen in die Seite. Ihr Blick folgte seiner ausgestreckten Hand. Vor dem Haus der Witwe Botts hielt eine Pferdedroschke. Zwei Männer stiegen vom Bock und machten sich am Verdeck zu schaffen. Als Klara erkannte, welchen Gegenstand sie darunter hervorzogen und ins Haus trugen, konnte sie einen Aufschrei nicht unterdrücken.

»Ick krieg die Motten«, stöhnte Paule neben ihr. »Dit is een …!« Er brachte das Wort nicht über die Lippen.

Lina übernahm das für ihn: »Sarg.« Sie hatte nie Angst, die Dinge beim Namen zu nennen.

Danach herrschte Stille. Keiner sagte ein Wort.

Klara straffte den Rücken, ballte die Fäuste und holte tief Luft. Etwas ganz Übles war hier im Gange. Etwas, bei dem man am Ende Särge brauchte. Was steckte dahinter? Das musste sie herausfinden, und zwar sofort!

»Ihr beiden bleibt hier und rührt euch nicht!«

Klara sprang auf und rannte über die Straße. Ein zweisitziges Coupé mit offenem Verdeck wich ihr aus. Der Fahrer ließ die Hupe tröten, lachte aber dabei und gab Gas. Das Seidentuch der Dame auf dem Beifahrersitz wehte auf, sie lachte ebenfalls und kümmerte sich nicht darum, dass es auf den Gehweg segelte. Klara schnappte danach, wickelte sich das Tuch um den Hals und hechtete die Treppe hoch, immer zwei Stufen auf einmal.

Im zweiten Stock begann ihre Lunge zu brennen, als sie im dritten Stock angelangt war, platzte sie fast. Egal, sie hatte andere Sorgen.

Die Tür zur Pension stand auf. Klara schlüpfte durch den Spalt in den dunklen Flur. Aus dem Raum am Ende des Flurs hörte sie Männerstimmen. »Ganz schön schwer, die Alte«, keuchte einer von ihnen.

Witwe Botts ist gestorben, dachte Klara erschrocken. Aber das erklärte immer noch nicht, warum die Schupos Otto verhaftet hatten.

Sie drückte sich hinter einem Schrank an die Wand.

»So. Und jetzt langsam hoch mit ihr«, befahl der erste Mann.

Klara hörte ein leises Ächzen, dann klappte der Sargdeckel zu. »Ab damit ins Leichenhaus Hannoversche Straße, und dann ist Feierabend!«, sagte die erste Stimme.

»Komm schon!«, murmelte Klara. »Sag mir, was geschehen ist.« Sie biss sich auf die Lippen. Zu dumm! Sie hatte laut gesprochen.

»Was machst du denn hier, Kindchen?«

Witwe Botts trat aus der Küchentür. Aus rot verweinten Augen musterte sie Klara voller Bestürzung. Ganz offensichtlich war sie doch nicht gestorben.

»Ich … äh …« Sie zog den Seidenschal hervor. »Ich … äh … hab Ihr Lieblingstuch auf der Straße gefunden, es ist Ihnen bestimmt …«

»Oh, das habe ich schon vermisst!«, rief die Witwe. Frau Botts kassierte alles, was sie bekommen konnte, das wusste Klara.

»Was ist denn passiert, Frau Botts?«

»Die arme Großfürstin ist erstochen worden. Und die Polizei glaubt, dass es Otto war.«

»Otto? Nie und nimmer!«

»Natürlich war er es!«, polterte eine Männerstimme.

Hinter Frau Botts erschienen zwei Gestalten mit Kaffeetassen in den Händen. Untermieter Steinbrecher und ein Schupo in Uniform.

»Ich habe den Schurken doch auf frischer Tat ertappt!«, erklärte Steinbrecher stolz.

»Otto war das nicht!«, rief Klara.

»Das sieht die Polizei aber anders«, triumphierte Steinbrecher. »Die haben das Früchtchen gleich einkassiert. Nun hockt er für den Rest seiner Tage hinter Gittern, wenn sie ihn nicht gleich …« Er machte eine unmissverständliche Handbewegung vor seiner Kehle.

»Na hören Sie mal, Herr Steinbrecher«, ermahnte ihn Frau Botts. »Zuerst muss man ihm doch den Prozess machen.« Sie warf einen unsicheren Seitenblick auf den Schupo, der aber beharrlich schwieg.

»Zurücktreten bitte!« Die beiden Männer kamen mit dem Sarg aus dem hinteren Zimmer. Frau Botts schlug die Augen nieder. Ihr Untermieter und der Schupo traten zurück in die Küche.

Diesen Moment nutzte Klara. Blitzschnell schlüpfte sie ins Zimmer der Toten. Sie musste sich einen Eindruck verschaffen. Hastig blickte sie sich um. Sie hatte nur ein paar Minuten, um irgendetwas zu finden, das Otto entlasten konnte.

Bevor die Frau ermordet worden war, hatte es offenbar einen Kampf gegeben, denn es herrschte ein schreckliches Durcheinander im Zimmer. Kleidungsstücke, Schuhe, Bücher, Hüte und zerbrochenes Geschirr bedeckten den Boden. Der Vorhang am Fenster war heruntergerissen. Als Klara näher trat, sah sie die riesige Blutlache auf dem Linoleum.

Schaudernd wandte sie den Blick ab. Wer immer die Großfürstin auf dem Gewissen hatte, musste etwas gesucht haben, das war offensichtlich. Aber was? Allzu reich war die Drosskova bestimmt nicht gewesen, sonst hätte sie nicht in Frau Botts schäbiger Pension gehaust. Die Kleider auf dem Boden wirkten abgetragen und zerschlissen, die Stoffe ausgeblichen und schadhaft.

Auf dem Nachttisch stand ein Wasserglas, daneben lagen eine Bibel, ein Cremetiegel und ein kleines schwarzes Notizbuch. Als Klara das Buch aufschlug, stellte sie fest, dass die Einträge in einer fremden, krakeligen Schrift abgefasst waren. Nicht einmal Lina würde das entziffern können.

»Da steckst du also!«

Eine dröhnende Stimme ließ sie herumfahren. Bevor sie richtig darüber nachdenken konnte, hatte sie das Notizbuch in ihrer Hosentasche verschwinden lassen. In der Tür stand der Polizist, der gerade eben noch mit Witwe Botts Kaffee getrunken hatte. Die Hände in die Hüften gestemmt, blickte er sie voller Empörung an. »Was hast du hier zu suchen? Raus hier, wird's bald! Sonst …!«

»… holen Sie die Polizei?«, fragte Klara mit einem Unschuldsblick, aber dann beeilte sie sich, das Zimmer zu verlassen.

»Otto is keen Mörder«, sagte Paule.

Sie hatten sich in ihr Hauptquartier in der alten Schreinerei zurückgezogen.

»Natürlich nicht!«, meinte Klara. »Aber erklär das mal der Polizei.«

»Was machen die denn jetzt mit ihm?«, fragte Lina.

Klara zuckte mit den Schultern. »Keine Ahnung. Ich weiß nur eins: So schnell werden die ihn nicht wieder laufen lassen.« Sie dachte an die Handbewegung, die Steinbrecher gemacht hatte. Auf Mord stand die Todesstrafe. Ob das auch für Kinder galt?

Lina schob eine Haarsträhne in den Mund und kaute darauf herum. Das tat sie immer, wenn ihr zum Weinen zumute war, wenn sie vor den Süßigkeitsauslagen des KaDeWe stand – oder wenn sie versuchte, aus jemandem etwas herauszukriegen. »Worüber denkst du nach?«, fragte sie.

Klara antwortete nicht. Beim Blick in Linas Augen ahnte sie, dass das jüngste Mitglied der Schattenbande die Antwort sowieso wusste. Manchmal fragte sie sich, ob Lina nicht nur ein sehr gutes Gespür hatte, sondern auch Gedanken lesen konnte, vielleicht sogar besser als die Scharlatane in den Varietés und Jahrmarktbuden. Sie musste an Madame Fatale und Oscuro und Yvette denken. In der Aufregung um Otto hatte sie die sonderbaren Erlebnisse in der »Schwarzen Katze« fast vergessen.

»Ick hab watt jesagt«, hörte sie plötzlich Paule. Er wedelte mit den Fingern der rechten Hand vor ihren Augen. »Haaalloooo! Ob wia Otto befreien sollen, hab ick jefragt!«

»Befreien?« Augenblicklich war Klara hellwach. »Die haben ihn ins Polizeipräsidium gebracht. Da wimmelt es nur so von

Schupos und Kriminalbeamten und Wachleuten. Das ist der sicherste Ort in ganz Berlin, ach was, in ganz Preußen. Wie willst du da reinkommen, kannst du mir das bitte schön verraten?«

»Damit«, sagte Paule und pochte sich mit einem Fingerknöchel an die Stirn. »Mit mein Jrips komm wa rein. Un auch wieder raus.«

Lina sah ihren Bruder mit großen, erschrockenen Augen an. »Aber das ist doch Wahnsinn, Paule. Wenn die uns erwischen, dann halten sie Otto erst recht für den Mörder.«

Paule grinste über das ganze sommersprossige Gesicht. »Paule Panzerknacker erwischen? Allet eine Frage des Plans. Du kennst mir doch.«

»Mich«, verbesserte ihn Lina, die es nicht ertragen konnte, wenn ihr Bruder berlinerte.

»Dir kenn ick auch.«

Paule grinste. Er streckte den anderen seine Hand entgegen.

Klara schaute ihn an. Lina legte ihre Hand auf die ihres Bruders. Klara zögerte noch, aber dann legte auch sie eine Hand auf die Hände der anderen. Irgendwie war es nicht dasselbe ohne Otto, trotzdem vollzogen sie das Bandenritual: »Wir sind die Schatten, schnell und schlau, keiner sieht sie je genau«, flüsterten sie ihr Motto.

»Und wisst ihr wat? Ick jloob, ick hab auch schon ’ne Idee. Un zwar eene ziemlich schlaue!«

6. KAPITEL,

in dem es Schwarzwälder Kirschtorte mit sauren Gurken gibt

Die toten Augen der Frau starrten Otto an. Eigentlich war es nur ein Auge, das rechte. An Stelle des linken klaffte ein Loch, denn dort war die Kugel aus einem Smith & Wesson-Revolver eingedrungen. Statt einer Träne rann ein Tropfen Blut über die bleiche Wange der ehemaligen Ladenbesitzerin. Frau Honka hatte die Kasse nicht schnell genug herausgerückt, und peng! – da war es um sie geschehen.

Kommissar Trettoff hatte den Fall in genau dreiundzwanzig Stunden gelöst, es war seine fünfzigste Ermittlung als Leiter der Mordinspektion gewesen. Zum Andenken an dieses Jubiläum hatten die Kollegen ihm die täuschend echte Wachsnachbildung der Toten anfertigen lassen.

Aber der Kopf von Frau Honka war längst nicht der gruseligste Gegenstand in diesem Büro. Eine Axt – sie lehnte an dem grünen Sofa – flößte Otto noch mehr Angst ein, schließlich war sie, anders als der Kopf, echt. Die braunroten Flecken auf der stumpfen Seite wirkten nicht so, als hätte sie jemand aufgemalt.

Heinrich Trettoff kümmerte das nicht. Er verschlang gerade ein Stück Schwarzwälder Kirschtorte. Während er sich die nächste Gabel der sahnigen Köstlichkeit hineinschob, nuschelte er: »Dann noch einmal von vorne.«

»Ich habe doch alles gesagt«, schluchzte Otto.

Er war ganz und gar keine Heulsuse, draußen auf den Straßen bot er jedem die Stirn. Sogar als ihn im vorigen Herbst ein ganze Bande von Jungen mitsamt einem Dobermann durch das halbe Scheunenviertel gejagt und schließlich in die Zange genommen hatte, hatte er nicht eine Träne vergossen – obwohl Pepe ihm ein blaues Auge geschlagen hatte.

»Ich bin unschuldig. Jemand hat mir eine Nachricht …«

»Herrn Jemand kenne ich nicht«, unterbrach Trettoff ihn. »Das müssen Sie nicht mitschreiben, Trudchen«, sagte er zu seiner Sekretärin.

»Billy Barrakuda hat mir eine Nachricht hinterlassen, das habe ich doch schon hundertmal gesagt.«

»Und ich habe dir schon hundertmal geantwortet. Herr Barrakuda streitet ab, dir irgendetwas hinterlassen zu haben.«

»Deshalb sage ich doch auch: *Jemand* hat mir die Nachricht hinterlassen. Der Mörder!«

»Zeig mir die Nachricht und dann sehen wir weiter.«

Aber das war unmöglich. Die falsche Notiz war in der alten Schreinerei, ihr Bandenversteck konnte Otto nicht preisgeben. Wenn Trettoff davon erfuhr, dann verhaftete er die anderen Schatten und verfrachtete sie ins Waisenhaus. Oder in den Knast.

Der Gedanke an Klara, Paule und Lina tröstete ihn ein wenig. Andererseits sorgte er sich auch. Was sollten sie ohne ihn anfangen? Hoffentlich machten sie keine Dummheiten, er war schließlich der Älteste und musste auf die anderen aufpassen. Wenn er Klara das so gesagt hätte, hätte sie ihm einen Vogel gezeigt, aber so war es doch!

»Dann kann ich dort auch keine Fingerabdrücke suchen lassen, die dich entlasten würden.« Trettoff wischte in einer tausendfach geübten Bewegung mit dem Zeigefinger über den Teller, um den letzten Klecks Sahne aufzuschlecken. »Möchtest du vielleicht ein Stück Kuchen, mein Junge? Dir soll es bei uns nicht schlecht gehen.«

Sein Tonfall wurde plötzlich sanft und zuvorkommend, als wären sie beim Kaffeeklatsch im Café Kranzler. Aber das gehörte zu seiner Taktik. Otto wusste das: mal unerbittlich, mal einschmeichelnd, mal überraschend wie ein Blitz im August.

»Weißt du, Otto, wir wollen dir doch nichts Böses, ganz im Gegenteil! Wenn du einmal dein Herz erleichtert hast, geht es dir viel besser. Ich kenne mich aus, ich habe schon viele harte Jungs hier gehabt, *richtig* harte Jungs: Raubmörder, Doppelmörder, Serienmörder, Kuckucksmörder.«

Wie auf Kommando schlug die Klappe der Kuckucksuhr auf, die hinter ihm an der Wand hing. Das Vöglein fuhr auf einer Schiene heraus, pfiff dreimal und verschwand wieder.

»Oh, Isolde Oberbaum war hartnäckiger als alle zusammen, die Kuckucksmörderin!«, grunzte Trettoff.

Otto hatte von ihr gehört. Über alle Fälle des Kommissars wurde in den Klatschblättern berichtet, dafür sorgte Trettoff schon. Lina hatte ihnen den Bericht damals vorgelesen: Immer um Punkt vier Uhr nachmittags hatte Isolde ihre Männer vergiftet. Eine Stunde später musste alles wieder ordentlich und sauber sein, damit die Dame in Ruhe ihren Fünf-Uhr-Tee nehmen konnte. Nun saß sie hinter Gittern und ihre Kuckucksuhr hing in Trettoffs Büro.

»Sie war kälter als der Eisberg, der die *Titanic* versenkt hat«, sagte Trettoff ganz ruhig, fast flüsterte er. Plötzlich klatschte er seine fette Hand auf die Tischplatte und erhob die Stimme: »Aber auch sie hat am Ende gestanden.«

Der Kuchenteller klirrte, die Kaffeetasse kippte zur Seite und ergoss ihren Inhalt auf Trudchen Steiners Stenoblock. Die Sekretärin quietschte, Otto zuckte zusammen, im selben Moment wurde die Tür aufgerissen. Ein Mann mit einem eingebeulten Hut stand auf der Schwelle, eine Lederschürze spannte über seinen Bauch, der Zigarrenstummel in seinem Mundwinkel wippte bei jedem seiner Worte.

»Bin ick richtig hier, Kommissar Budde? Ick hätt 'ne Lieferung.« Er hob eine tropfende Kiste hoch, in der Gläser klirrten. Ein säuerlicher Geruch erfüllte den Raum. »Hoppla, eens is schon hinüber.«

»Um was bitte handelt es sich?«, frage Trude Steiner.

»Nach watt sieht ett denn aus, schöne Frau? Echte beste Spreewaldjurken. Der Rest vom Schützenfest – ab sofort streiken die Jurkenbauern nämlich.«

Kommissar Trettoff verzog das Gesicht. »Ich mag keine Gurken.«

»Gurke … ich meine, Kommissar Budde liebt sie aber«, sagte die Sekretärin. »Ohne Gurken kann er nicht denken, sagt er immer.«

»Wie haben Sie ihn da gerade genannt? *Gurke?*«

Fräulein Steiner lief rot an. »Das dürfen Sie ihm aber nicht verraten«, murmelte sie betreten.

»Ich schweige wie ein Grab. Na, dann stellen sie dem Budde am besten einen ganzen Waggon Gurken ins Büro, junger Mann! Vielleicht klärt der dann endlich mal diese Diamantendiebstähle auf.«

Seine Sekretärin kicherte. Dann fasste sie sich wieder. »Herrn Gu…, also Herrn *Budde* finden Sie zehn Türen weiter, Zimmer 56, auf der anderen Seite der Glastüren.«

»Und jetzt wieder zu dir«, sagte Trettoff. »Also noch einmal von vorne.«

Otto seufzte. Wenn er nicht bald schlafen durfte, würde er alles zugeben. Restlos alles.

Klaras Geduld war am Ende. Paule hatte gestern eine halbe Ewigkeit in seinem Labor im Bandenversteck verbracht. In der Kaffeemühle hatte er Holzkohle und Schwefel gemahlen, bis die ganze Schreinerei nach faulen Eiern stank. Aber was er mit dem Pulver vorhatte, wollte er nicht verraten.

Am Abend war dann Messerkalle bei ihnen aufgekreuzt, er und Paule hatten sich an die alte Hobelbank gesetzt, die den Schatten als Tisch diente. Und während Messerkalle ihm im Flüsterton etwas erklärte, hatte Paule einen Plan gezeichnet. Danach war er in aller Seelenruhe schlafen gegangen.

Aber nun wollte Klara wissen, was Sache war. »Raus mit der Sprache, wie sieht deine Idee aus?«, fragte sie. »Wenn wir Otto befreien wollen, bevor er Moos ansetzt, müssen wir nämlich so langsam loslegen.«

Paule zog eine Grimasse. »Also jut. Ick hab mir jedacht, det

wir ein kleines Feuerwerk im Innenhof vom Polizeipräsidium vaanstalten.«

»Bitte was?«, fragte Lina entgeistert.

»Ein Feuerwerk. Die Jitterfenster von die Arrestzellen jehen allesamt zum Hof«, erklärte Paule. »Det hat mir Messerkalle erzählt, den ham se oft jenug da einjebuchtet. Und wenn im Innenhof ein Feuer ausbricht, dann müssen sie die Jefangenen ja wohl exhumieren oder wie sich dit schimpft.«

»Evakuieren«, korrigierte Lina.

»Evakorieren, janz jenau. Und det is unsere Schanze. Wenn die Otto uff die Straße bringen, brausen wir mit dem Automobil ran, schnappen ihn, und dann nüscht wie weg.«

»Mit welchem Automobil?«, fragte Klara.

»Borg ich mir. Ick hab da schon ein jeeignetes Objekt im Auge.«

»Aber du kannst doch gar nicht fahren«, meine Lina.

»Dit lass mal meine Sorge sein«, beruhigte er sie. »Ick hab

schon janz andere Kinder jewickelt. Aba nun zum eijentlichen Problem.«

Paule breitete seinen Plan auf der Hobelbank aus. Klara und Lina beugten sich gespannt nach vorn. »Det Polizeipräsidium hat acht Innenhöfe. Aba welcha davon der richtige ist, det konnte mir Messerkalle nich jenau sagen. Ick jlaube, det es sich um diesen Hof hier handeln muss.« Paule zeichnete ein Kreuz auf den ersten Hof, der links neben dem Haupteingang lag. »Hier sind nämlich die Jefängniszellen.« Er deutete auf den Gebäudetrakt daneben.

»Bleibt nur noch eine winzige Frage«, sagte Klara. »Wie um alles in der Welt willst du da ein Feuer legen?«

»Mach ick doch gar nich«, sagte Paule. »Det machst du.«

Hoffentlich war der Wachtmeister an der Pforte dümmer, als die Polizei erlaubte. Wenn er auch nur eine Spur Grips besitzt, dachte Klara, dann würde er sie niemals hineinlassen, ohne sich den Korb mit Backwaren genauer anzusehen, den sie mit sich trug.

Wenn er sich den Korb vornahm, war sie verloren. Und Otto mit ihr. Der Beamte musste nur eine der Mohnschnecken oder ein Cremetörtchen hochheben und würde sofort auf Paules Feuerwerk stoßen. Der ganze Korb war mit dem Schwarzpulver gefüllt, das er am Tag zuvor gemahlen und getrocknet hatte. Darüber lagen zur Tarnung die Backwaren. Die Zündschnur baumelte seitlich heraus.

»Aba die werden nicht in die Luft gejagt«, hatte Paule gesagt, als er Klara den Korb übergeben hatte. »Die will ick hintaher noch essen.«

Paule hatte leicht reden, er musste den Sprengstoff nicht

in die Höhle des Löwen tragen. Klara schwitzte in ihrer weißen Bäckertracht mit der lächerlichen Bäckermütze, die sie am Morgen in der Konditorei Schmeißer am Nollendorfplatz stibitzt hatte. Der Plan ist vollkommen hirnrissig, dachte sie. Das kann nicht funktionieren.

Doch nun stand sie am Haupteingang des Präsidiums, und der dicke Polizist, der Wache hielt, trat mit leuchtenden Augen aus der Pförtnerloge und beugte sich über den Korb.

»Sind die für mich?«, fragte er sehnsüchtig.

»Eine Bestellung für Kommissar Trettoff«, sagte Klara streng. Den Tipp mit der Kuchenlieferung für Trettoff hatten sie ebenfalls von Messerkalle. Die Zuckersucht des Kriminalkommissars war in der ganzen Unterwelt bekannt.

Die Hand, die der Wachtmeister schon begehrlich ausgestreckt hatte, fuhr wieder zurück. »Für den Chef«, sagte er betrübt. »Na dann. Inspektion A, zweiter Stock, erster Flur. Name steht an der Tür.«

Klaras Knie waren weich wie die Buttercreme auf den Törtchen, als sie weiterging. Und ihr Herz hämmerte so furchtbar, dass sie fürchtete, der Pförtner würde es hören. »Warte mal!«, brüllte er ihr nach. Vor Schreck hätte sie fast den Korb fallen gelassen.

Langsam drehte sie sich zu ihm um und schloss schicksalsergeben die Augen. Vorbei. Flüchten war zwecklos.

»Wenn der Dicke … also, wenn Kommissar Trettoff nicht da ist, dann kaufe ich dir die Kuchen ab«, erklärte der Wachtmeister. »Verstanden?«

»Zu Befehl«, gab Klara mit schwacher Stimme zurück.

Ihre Hände und ihre Knie zitterten wie verrückt. Weitergehen, dachte sie, einfach nur weitergehen.

Sie betrat eine prächtige Empfangshalle mit Glasdach und Marmorboden. Der erste Innenhof lag zu ihrer Linken, die Mordkommission, zu der sie angeblich wollte, war im rechten Gebäudetrakt untergebracht. Verstohlen blickte Klara sich um. Sie beschleunigte ihre Schritte und bog links in einen langen Flur ein. Ganz am Ende war eine Glastür, dahinter sah sie schon ihr Ziel: den Lichthof.

Geschafft!, jubilierte Klara innerlich. Nun musste sie nur noch die Zündschnur zum Brennen bringen und in der allgemeinen Aufregung nach draußen verschwinden. Und dann würden Paule und Lina mit dem Automobil kommen …

Mit großen Schritten eilte sie auf die Glastür zu und suchte währenddessen nach den Schwefelhölzern in ihrer Hosentasche. Dadurch achtete sie nicht auf den Weg und bemerkte den jungen Polizisten nicht, der aus einem der Räume trat.

»Hoppla!«, rief er laut, als sie gegen ihn prallte. »Nicht so stürmisch, mein Junge!«

Klara schnappte nach Luft. Eins der Cremetörtchen war zur Seite gerutscht, es hing schräg über dem Rand des Korbes, darunter konnte man das Schwarzpulver sehen. Hoffentlich hatte er es nicht entdeckt. Klara stellte den Korb ab und schob das Kuchenstück mit zitternden Fingern zurück. »Entschuldigung, ich … äh …«

»Ist doch nichts passiert«, sagte der Polizist großzügig.

Aber Klara hörte seine Worte wie durch einen Nebel. Am Ende des Ganges hatte sie nämlich einen anderen Polizisten erkannt. Er kam auf sie zu, hielt den Kopf leicht gesenkt und starrte auf seine Füße.

Wachtmeister Eltinger.

»Ist irgendwas?«, fragte der Schupo, den sie angerempelt hatte. »Du bist ja richtig blass.«

Klara öffnete den Mund, brachte aber keinen Ton heraus. Wozu auch, es war ohnehin alles vorbei. In zehn, neun, acht, sieben, sechs Sekunden würde Eltinger sie erkennen, von der lächerlichen Bäckerverkleidung ließ er sich bestimmt nicht täuschen. Sie hatte keine Chance. Hier gab es keine grüne Tür, die sich plötzlich vor ihr auftat.

Eltinger blieb stehen und ging in die Knie. Sein Schnürsenkel hatte sich gelöst, ächzend bückte er sich, um ihn zuzubinden. Ein kleiner Aufschub.

»Wo willst du eigentlich hin, Kleiner?«, fragte der Polizist.

»Ich … äh …« Klaras Mund war so trocken wie die Wüste Gobi. Doch dann fielen ihr plötzlich die »Schwarze Katze« und Madame Fatale wieder ein. Und die seltsame Prophezeiung, die die Wahrsagerin Klara mit auf den Weg gegeben hatte. *Zwei Worte, die du brauchen wirst.* Welche Worte? Klara versuchte sich zu erinnern.

»Sag mal, hast du deine Zunge verschluckt oder was ist los?«, fragte der Polizist nun deutlich ungeduldiger.

Währenddessen hatte sich Eltinger wieder aufgerichtet und in Bewegung gesetzt. Im selben Moment hörte Klara die strenge Stimme von Madame Fatale in ihrem Kopf. Sie sagte die beiden Worte so deutlich, als stünde sie neben ihr.

»Raum 56«, keuchte Klara.

Eltinger war nur noch ein paar Meter von ihr entfernt. Gleich würde er den Kopf heben …

»Sag das doch gleich«, meinte der Schupo. »Raum 56 ist hier.« Er ging über den Flur, öffnete die Tür auf der anderen Seite, und kurz bevor Wachtmeister Eltinger sie erreicht hatte, schob er Klara über die Schwelle.

7. KAPITEL,

in dem mit Cremetörtchen und Pistolenkugeln geschossen wird

In der Arrestzelle war für Otto an Schlaf nicht zu denken. Es herrschte reger Betrieb. Seine Mitgefangenen waren ein Kutscher mit Ruß im Gesicht, der bei der Lieferung von ein paar Säcken Kohle mit einem Kunden in Streit geraten war und diesen einfach mit der Kohlenschaufel niedergeschlagen hatte, ein Falschspieler aus dem Rodeo-Club und ein paar Betrunkene, die eine Spelunke hinter dem Gendarmenmarkt demoliert hatten. Sie drängten sich in dem engen Raum. Die Gittertür hatte sich jedoch kaum hinter Otto geschlossen, als ein Wärter sie auch schon wieder öffnete.

»Otto Karwuttke!«

»Ja?«, sagte Otto.

»Kommissar Budde will dich sprechen.«

Zu Ottos Erleichterung war das Büro von Ernst Budde ein ganz normales Büro. Es gab keine grausigen Souvenirs, sondern einen gewöhnlichen Schreibtisch und Aktenschränke. Auf dem Tisch stand ein offenes Glas mit Spreewaldgurken, der säuerliche Geruch vermischte sich mit dem Rauch schwerer ägyptischer Zigaretten, von denen eine im Aschenbecher schwelte. Der Kommissar stand auf, als man Otto ins Zimmer schob, mit offenen Armen eilte er auf ihn zu, als wäre Otto ein guter Freund.

»Was ist das denn?« Als Budde die Handschellen sah, blieb er betroffen stehen. »Wachtmeister, nehmen Sie dem Jungen sofort die Fesseln ab.«

»Aber bei Mordverdacht …«

»Weg mit den Dingern«, erwiderte der junge Kommissar scharf.

Widerwillig löste der Wachtmeister die Handschellen. Otto rieb sich erleichtert die schmerzenden Gelenke.

»Die Kollegen übertreiben es manchmal.« Kopfschüttelnd zeigte Budde auf den leeren Stuhl vor seinem Schreibtisch. Mit zwei Fingern fischte er sich eine Gurke aus dem Glas und biss krachend hinein. »Auch eine?«, fragte er mit vollem Mund.

Otto schüttelte den Kopf. Nach Trettoffs stundenlangem Verhör war ihm schlecht vor Müdigkeit. Wenn der Chef des Raubdezernats ihn nun auch noch in die Mangel nehmen wollte, würde er vom Stuhl fallen.

Aber Budde fragte erst einmal gar nichts.

»Wir haben seit einiger Zeit ein Problem, Otto. Vierzehn Juwelendiebstähle alleine seit letztem Sommer. Die Damen der Gesellschaft schmücken sich schon mit Hühnerfedern und Holzperlen, die Klunker lassen sie in ihren Bankschließfächern.«

»Damit habe ich nichts zu tun!«

Budde winkte ab. »Das weiß ich doch. Du bist nur ein kleiner Fisch. Ein Rotzlöffel wie du denkt sich so einen Coup bestimmt nicht aus. Da steckt eine ganz andere Hausnummer dahinter.«

Otto räusperte sich beleidigt. *Rotzlöffel, kleiner Fisch.* Das gefiel ihm gar nicht.

»Aber Trettoff sieht das anders. Der will deinen Kopf, das ist ganz klar.« Nun hatte Budde seine Gurke verdrückt und griff wieder zu der Zigarette im Aschenbecher. Dann trat er nah an Otto heran.

»Kennst du eigentlich seinen Spitznamen?«, fragte er leise.

Einen Herzschlag lang hätte Otto am liebsten gesagt: Nein, aber ich kenne deinen. Im letzten Moment beherrschte er sich. Er durfte Budde nicht verärgern, der sehr viel netter zu sein schien als der Kommissar in der Mordinspektion.

»Hundert-Prozent-Heinrich wird Trettoff genannt.«

»Ganz genau, Otto. Und diese hundert Prozent bekommt man nur hin, wenn man gelegentlich fünfe gerade sein lässt.« Budde beugte sich zu Otto hinunter, als fürchtete er, jemand könnte sie belauschen. »Du wärest nicht der Erste, der unschuldig baumelt.«

Otto japste. Er spürte schon, wie ihm die Luft knapp wurde.

»Keine Angst«, beruhigte ihn Budde. »Ich bin ja auch noch da. Und ich werde dafür sorgen, dass alles mit rechten Dingen zugeht.« Er ging um den Schreibtisch herum, setzte sich auf seinen Stuhl und streckte die Beine weit von sich. Gedankenverloren blies er einen Rauchring in die Luft. »Weißt du, was der größte Fehler eines Polizisten ist?«

Otto schüttelte den Kopf.

»Wenn er sich zu früh in einen Verdacht verbeißt. Und dann mit Scheuklappen durch die Gegend läuft. Links und rechts klaut der wahre Täter weiter, und du siehst es nicht, weil du unbedingt …«, Budde sprang nun wieder auf und beugte sich weit über den Tisch, »… Otto Karwuttke zur Strecke bringen willst!«

»Aber ich habe die Frau nicht …« Otto sprang ebenfalls auf.

»Nun beruhige dich.« Budde legte seine Linke auf Ottos Schulter und drückte ihn sanft zurück auf den Stuhl, dann ging er zur Tür, öffnete sie, schaute links und rechts über den Flur und flüsterte: »Ich weiß, dass du es nicht warst. Aber auf dem Messer, das wir am Tatort gefunden haben, waren deine Fingerabdrücke. Ich hab gehört, dass man dich ins Zuchthaus nach Moabit bringen will. Das wäre schlecht, ganz schlecht. Wenn du erst mal in Moabit sitzt, ist dein Weg vorgezeichnet. Dabei könntest du für Recht und Gesetz von großem Nutzen sein. Das kapiert dieser Trettoff aber nicht.«

Jetzt musste Otto fast grinsen. Für Recht und Gesetz von Nutzen? Ausgerechnet Otto Karwuttke, der Meisterdieb?

»Draußen könntest du uns helfen, den wahren Täter zu finden«, sagte der Leiter des Raubdezernats sanft. Dann seufzte er. »Ich besorge uns mal zwei Tassen Kaffee. Und du bleibst hier, Otto, versprichst du mir das?« Er zwinkerte Otto zu, nickte kurz und verließ den Raum.

Otto blieb mit offenem Mund zurück. Er hörte keinen Schlüssel im Schloss. Budde hatte die Tür nicht abgeschlossen, sondern wollte, dass er floh!

Oder war das Ganze eine Falle? Vielleicht stand da draußen im Flur ein Dutzend Wachtmeister, die ihn sofort wieder festnehmen würden. Trettoff würde einen Fluchtversuch als Schuldeingeständnis sehen, das war sicher.

Du wärest nicht der Erste, der unschuldig baumelt, hörte er Budde wieder flüstern.

Otto schauderte. Worauf wartete er eigentlich noch? Er sprang auf und rannte mit großen Schritten zur Tür. Aber bevor er sie aufreißen konnte, öffnete sie jemand von der anderen Seite.

Otto hätte sich ohrfeigen können. Warum hatte er so lange gezögert, warum war er nicht sofort aus dem Zimmer gestürmt? Nun war es zu spät.

Ein Schupo stand auf der Schwelle. Aber er nahm Otto gar nicht zur Kenntnis, sondern schob nur einen Bäckerburschen in den Raum und schloss die Tür dann wieder.

Was sollte das denn?

»Otto?« Die Stimme des Jungen kam ihm bekannt vor. Und das Gesicht auch.

Das war überhaupt kein Junge, das war …

»Klara«, röchelte Otto. »Was machst du denn hier?«

»Dich rausholen, was sonst«, sagte Klara. Sie stellte ihren Korb mit Kuchenstücken ab, lief zum Fenster und spähte hinaus. »Erdgeschoss, kein Gitter am Fenster und im Hof keine Wache. Perfekt.«

»W-w-wa…?«

Sie hatte das Fenster bereits geöffnet, setzte sich auf das Fensterbrett und sagte: »Komm schon, beeil dich. Aber bring den Korb mit.« Dann sprang sie in den Innenhof.

Verdattert griff Otto nach dem Henkel. Was wollte Klara denn mit Cremetörtchen? Er reichte ihr den Korb nach draußen, dann sprang er hinterher.

»Und nun?« Das Tor, das vom Hof auf die Straße führte, war vergittert, dahinter stand ein Schupo und hielt Wache.

»Jetzt kommt das Feuerwerk.« Klara nahm die Kuchenstückchen vom Korb und reichte sie Otto. »Festhalten!« Sie zückte eine Schachtel Schwefelhölzer, riss eines an und entzündete damit die Zündschnur.

»Nichts wie weg.« Sie sprang auf, packte Otto am Ärmel und zog ihn in Richtung Tor. Aber anstatt nach vorne zum Gitter zu rennen, schubste sie ihn hinter einen Mauervorsprung. »Augen zu!«, kommandierte sie.

Im selben Augenblick explodierte der Kuchenkorb mit einem ohrenbetäubenden Knall. Es folgte eine meterhohe Stichflamme, Korbteile und Asche regneten auf sie nieder. Chaos brach aus. Fenster wurden aufgerissen, Türen knallten und Männerstimmen brüllten sinnlose Befehle.

Auch der Schupo, der den Ausgang zur Straße bewachte, wollte wissen, was los war. Otto hörte sein Schlüsselbund rasseln, dann öffnete sich quietschend das Gitter. »Auf los geht's los!«, wisperte Klara in Ottos Ohr.

Als der Polizist an ihnen vorbeigerannt war, nickte sie ihrem Freund zu und die beiden sprinteten los.

Noch bevor der Schupo sie bemerkte, waren sie auf der Straße, warfen das Gitter zu und drehten den Schlüssel im Schloss, den der Polizist unvorsichtigerweise hatte stecken lassen.

»Wir müssen zur Dircksenstraße!«, schrie Klara. »Da wartet Paule.«

Otto hielt immer noch die dämlichen Cremetörtchen in seinen Händen, aber er wagte es nicht, sie wegzuwerfen. Vielleicht brauchte Klara sie ja noch für ihre Rettungsaktion. Er rannte hinter ihr her, auf die Querstraße zu, die zum Alex führte, und wollte sie gerade überqueren, als er den Mann mit der Pistole sah. Ein großer, schlanker Kerl mit einer dunklen Brille und einem Hut, den er tief ins Gesicht gezogen hatte.

Er stand in einer Toreinfahrt und zielte auf sie. Otto blieb abrupt stehen, aber Klara hatte den Mann noch nicht bemerkt. Zu Ottos Entsetzen rannte sie direkt auf ihn zu.

»Klara, nein!«, schrie Otto, aber sie war viel zu schnell, sie hörte ihn nicht.

Der Pistolenmann kniff ein Auge zusammen und streckte seinen Arm durch. Klara war nur noch wenige Meter von ihm entfernt. Der Kerl grinste und drückte ab, oder vielmehr: Er wollte abdrücken, als ihm im selben Moment ein Cremetörtchen ins Gesicht klatschte. Und ein zweites gegen die Brust. Im Weitwurf war Otto einsame Spitze. Obwohl die Entfernung beträchtlich war, hatte er getroffen.

Ganz im Gegensatz zum Pistolenmann. Sein Schuss knallte weit neben Klara in eine Litfaßsäule. Jetzt begriff auch Klara, was hier geschah. Blitzschnell schlug sie einen Haken und rannte zurück zu Otto, nebeneinander bogen sie in eine Seitengasse ab. Ihre Füße flogen über das Pflaster, sie rannten um ihr Leben. Hinter sich hörte Otto Schüsse knallen, aber vielleicht bildete er sich das auch nur ein. Er wagte nicht, sich umzuschauen.

Durch einen schmalen Durchgang flitzten sie auf die Dircksenstraße.

Klara blieb stehen, reckte den Kopf und hüpfte aufgeregt auf und ab.

»Wo ist Paule?«, keuchte Otto.

»Keine Ahnung. Er wollte hier auf uns warten …«

Pschänkg! Pazängk! Zwei Schüsse knallten an Otto vorbei, einer links, der andere rechts. Der Pistolenmann hatte sich die Buttercreme aus den Augen gewischt und war ihnen gefolgt. Baddängg!, feuerte er seine Waffe ein weiteres Mal ab.

»Aaaah!«, gellte Ottos Schrei durch das Getümmel. Er griff sich an den linken Oberarm. Blut quoll zwischen den Fingern hervor.

»Komm, schnell«, rief Klara und nahm Ottos Hand. Aber bevor sie ihn mit sich ziehen konnte, hupte es neben ihnen und ein Auto bremste mit quietschenden Reifen. Ein kleiner Herr mit Zylinder und grauem Rauschebart saß hinter dem Steuer, auf dem Beifahrersitz eine winzige Dame mit einem blütenverzierten Strohhut.

»Bitte einsteijen und Türen schließen, die Herrschaften«, sagte der Chauffeur und grinste, aber das Grinsen verging ihm, als ein Schuss ins Verdeck schlug.

»Duckt euch!«, kreischte Klara. Sie sprang in den Wagen, Otto folgte ihr. »Und du fahr los, Paule, nichts wie weg hier.«

Paule gab so plötzlich Gas, dass das Automobil einen Satz nach vorn machte und wie ein Kaninchen weiterhoppelte. Über ihnen knallten die Schüsse. Auf dem Beifahrersitz quietschte Lina. Ottos linke Hand umklammerte immer noch eine Mohnschnecke, die allerdings inzwischen zu Brei zerquetscht war.

Wenn wir nur nicht stehen bleiben, dachte Otto. Bitte, bitte, nicht stehen bleiben!

Sie kurvten über den Alexanderplatz, die Dircksenstraße entlang, am Hackeschen Markt vorbei. Als vor ihnen die Spree auftauchte, wurde das Automobil plötzlich immer langsamer und blieb schließlich mitten auf der Fahrbahn stehen.

»Was ist los?«, fragte Klara entgeistert.

»Keene Ahnung.« Paule kratzte sich ratlos unter seinem falschen Bart. »Ick schätze ma, der Treibstoff is alle.«

»Das kann nicht wahr sein.«

»Jammern nützt nüscht«, meinte Paule gelassen. »Allet aussteijen, Endstation.«

EXTRABLATT

Berliner Lokal–Anzeiger

15. Juni 1926

Mörder auf der Flucht?

von Billy Barrakuda

Nach vertraulichen Informationen ist am heutigen Nachmittag gegen fünf Uhr dem mutmaßlichen Juwelenräuber und Mörder der Großfürstin Drosskova die Flucht aus dem Polizeipräsidium gelungen. Helfershelfer bombten ihn mit einem als Cremetörtchen-Lieferung getarnten Sprengsatz in die Freiheit. Die Verbrecher lieferten sich eine Schießerei mit der Schutzpolizei, konnten aber nicht aufgehalten werden. Kurz darauf kam der gesamte Verkehr vor der Friedrichsbrücke zum Erliegen, weil ein gestohlenes Automobil die Straße versperrte. Auf dem Rücksitz des Fahrzeugs fanden sich ein falscher Bart (grau), ein Zylinder, ein Strohhut mit Kunstblumen und eine zerquetschte Mohnschnecke.

Das Automobil wurde am Vormittag des selbigen Tages dem Generaldirektor Z. entwendet und ist dem Besitzer inzwischen zurückgegeben worden. Genaue Informationen werden der Öffentlichkeit erst am morgigen Tag zur Verfügung gestellt. Die Polizei nimmt sachdienliche Hinweise aus der Bevölkerung entgegen. Für Hinweise, die zur Ergreifung der Täter führen, ist eine Belohnung von 500 Reichsmark ausgesetzt.

8. KAPITEL,

in dem die Schatten Besuch und einen heißen Tipp bekommen

Den ganzen Morgen hatten es die Zeitungsjungen vom Westend bis Friedrichshain herausgebrüllt: »Möööördaaaa auf der Flucht!« und »Lesen Sie alles in unserer Sonderausgabe!« Jeder in Berlin wusste mittlerweile von Ottos Schlamassel.

Lina hielt die druckfrische Ausgabe des *Lokal-Anzeigers* hoch. Sie drehte die Zeitung ein wenig nach links, legte den Kopf schief, dann neigte sie ihn nach hinten, bis tief in den Nacken. Was sie damit bezwecken wollte, hatte Klara noch nicht herausgefunden.

Lina tat und sagte oft sonderbare Dinge. Es war so, als filtere sie Informationen aus der Luft, die anderen verborgen blieben. Das war natürlich Hokuspokus und Klara glaubte nicht an so was. Allerdings war sie sich seit dem Besuch bei Madame Fatale nicht mehr so ganz sicher.

Raum 56, dachte Klara, wie konnte Madame Fatale von Raum 56 wissen?

»Ziemlich ähnlich«, murmelte Lina endlich und legte die Zeitung auf den Tisch.

Um das zu erkennen, brauchte man allerdings keinen sechsten Sinn. Der Zeichner hatte Otto auf der Phantomzeichnung sehr gut getroffen. Im Profil stand die Nase ein wenig zu weit nach vorne, aber die geschwungenen dichten Augenbrauen, die hohen Wangenknochen und vor allem die schwarzen Strubbelhaare – das war Otto Karwuttke.

»500 Märker isser wert«, sagte Paule anerkennend. »Wenn wa ihn ausliefern, sin wa alle Sorjen los!«

»Paule!«, zischte Klara.

»War 'n Scherz.«

Klara wusste, dass die Bande auf einer heißen Herdplatte saß, die bald glühen würde. In Berlin gierten die Menschen nach allem, was ihnen eine Gänsehaut über den Rücken jagte. Aufregende, spannende, skandalöse Nachrichten verbreiteten sich in dieser Stadt wie ein Lauffeuer, und rasende Reporter wie Billy Barrakuda fachten die Flammen immer wieder aufs Neue an.

»Was ist los?« Otto versuchte sich auf die Unterarme zu stemmen, sank jedoch mit einem Schmerzensschrei zurück auf die Pritsche.

»Leise!«, ermahnte Klara ihn.

Sie tupfte den Schweiß von Ottos Stirn. Glücklicherweise hatte er kein Fieber, es war nur furchtbar stickig auf dem Dachboden, obwohl es bereits Abend war. Durch das Gerümpel um sie herum wirkte der staubige Raum fast gemütlich. Ottos Krankenlager befand sich zwischen einem Schaukelstuhl, einem Teewägelchen mit einem ausrangierten Grammofon, zwei Schneiderpuppen, Stapeln von Büchern und zerfledderten Modemagazinen.

Ausgerechnet auf Muttchen Piepers Dachboden Unterschlupf zu suchen, war eigentlich verrückt. Denn ihre Kneipe, die »Grüne Minna«, lag genau gegenüber vom Polizeipräsidium. Während die vier Freunde unter dem Dach schwitzten, ging unten im Erdgeschoss die halbe Berliner Polizei ein und aus und trank bei Muttchen ihre Molle mit Korn.

In ihr Hauptquartier trauten sich die Schatten nicht. Dagegen war auf die Wirtin hundert Prozent Verlass, sie betrachtete die Meisterdiebe fast als ihre eigenen Kinder. Außerdem verfügte sie über ein bestens ausgerüstetes Medizinschränkchen, dessen Inhalt Klara genutzt hatte, um Otto zu verarzten. Zum Glück war es nur ein Streifschuss gewesen.

»Wir müssen mit Billy Barrakuda reden.« Lina tippte auf

den Artikel, den der Reporter des *Berliner Lokal-Anzeigers* geschrieben hatte.

»Auf keinen Fall«, widersprach Klara. »Der hat Otto doch in die Falle gelockt.«

Otto schaffte es nun doch, sich aufzusetzen. »Das streitet er ab.«

»Woher weißt du das?«

»Hat Trettoff beim Verhör gesagt.«

»Trettoff!«, schnaubte Klara. »Auf das, was der Dicke sagt, willst du doch wohl nichts geben.«

Lina legte die Hand auf die Zeitung. »Wir können Billy vertrauen.«

»Flüstert wieda watt zwischen die Zeilen, Schwesterchen?«

Lina runzelte die Stirn. »Zwischen *den* Zeilen.« Sie hatte es noch nicht aufgegeben, Paule irgendwann Hochdeutsch beizubringen.

»Und watt sagen den Zeilen?« Paule grinste. Er wusste genau, wie er seine Schwester auf die Palme bringen konnte. Bevor sie ihm mit der Zeitung einen überziehen konnte, sprang er auf. »Okay, ick hol Billy.«

Über eine Stunde später pochte es von unten an die Dachluke: dreimal kurz, zweimal lang, dreimal kurz. Klara kniete sich hin und flüsterte: »Parole?«

»Hab ick verjessen«, antwortete Paule auf der anderen Seite. »Mach schon uff!«

Klara zog an der Luke. »Mensch, Paule! Ohne die Parole …« Paule hob schuldbewusst die Schultern. Hinter ihm stand Billy Barrakuda. Er tippte mit einem Finger an die Krempe seines Zylinders.

»Menschenskinder, ich versau mir die ganzen Klamotten!«, schimpfte er beim Hinaufsteigen. »Und die sind nur geliehen!« Der Reporter trug einen Frack mit schneeweißer Weste und Fliege. Die spitzen Lackschuhe glänzten, die Glacé-Handschuhe zog er aus und steckte sie in die Hosentasche.

»Da habt ihr euch aber nicht verbessert!«, maulte er, während er sich umsah. Er war einer der ganz wenigen Personen, die das Versteck in der Schreinerei kannten. »Aber egal, ich bin in Eile. Ich muss zur Premiere der neuen Revue im Admiralspalast, die Ginelli höchstpersönlich hat mich eingeladen! Also? Ich höre! Aber zackzerapp, ich habe keine Zeit.«

Billy war immer in Eile, selbst wenn er nichts zu tun hatte. Aber Klara hatte keinen blassen Schimmer, was er von ihnen wollte.

»Paule hat gesagt, ihr habt Informationen für mich!«

Paule zog den Kopf ein und Klara verstand: Er hatte Billy mit der Aussicht auf Neuigkeiten hergelockt. Informationen, Nachrichten, brandheiß und exklusiv – dafür gab Billy alles.

Otto räusperte sich.

Billy Barrakuda bemerkte ihn erst jetzt und pfiff durch die Zähne. Noch im Halbdunkel des Speichers blitzten sie vorne weiß und hinten golden auf. Ein zufriedenes Lächeln zog sich von einem Ohr zum anderen. Das Schnurrbärtchen, das sich wie ein mit dem Lineal gezogener Strich über seine Oberlippe zog, gab seinem Gesicht etwas von dem Raubfisch, nach dem er sich benannt hatte. Eigentlich hieß er nämlich Wilhelm Wilder, stammte aus einem Dorf in Thüringen und träumte davon, in Hollywood Karriere als Filmproduzent zu machen.

»Na, ihr habt Nerven«, stellte Billy fest. »Der Mörder höchstpersönlich. Wisst ihr, dass gerade in diesem Augenblick unten Budde und seine Leute vom Raubdezernat sitzen?«

»Ich bin kein Mörder«, sagte Otto. »Das müsstest du am besten wissen. Du hast mich schließlich in die Pension bestellt.«

»Jetzt aber mal halblang. Ich hab schon dem Kommissar gesagt, dass ich dir keine Botschaft hinterlassen habe. Verstehste, ich sammle Nachrichten, ich lass sie nicht rumliegen.«

Eine Weile herrschte Stille auf dem Dachboden. Irgendwo über ihnen gurrte eine Taube.

»Dann hat man dich wohl in eine Falle gelockt, Otto«, sagte Lina.

»Das würde ich auch so sehen«, nickte Billy. »Da will dir jemand die Juwelendiebstähle anhängen und den Mord an der Drosskova gleich dazu. Das sieht übel aus, Otto. Die Beweise, die Trettoff bei der Pressekonferenz vorgelegt hat, sind wasserdicht. Eine Tatwaffe mit deinen Fingerabdrücken. Wie willst du da wieder rauskommen?«

»Dafür gibt es bestimmt eine ganz einfach Erklärung«, warf Klara dazwischen, aber sie war sich weitaus weniger sicher, als ihre Worte klangen.

»Und die wäre? Vergiss es, Klara. Trettoff ist Trettoff und ihr seid eine miese kleine Diebesbande. Was meinste, wem der Richter glauben wird?«

»Dann müssen wir eben Ottos Unschuld beweisen.«

»Gute Idee! Und wenn ihr den Mörder habt, sagt ihr mir Bescheid, einverstanden?«

Im ersten Moment hielt Klara Billy Barrakudas Satz für einen Scherz, aber als er weitersprach, erkannte sie, dass er es ernst meinte. Eine Hand wäscht die andere, das war Billys Motto. Ottos Kopf retten und die heißeste Story des Jahres für ihn, das war für ihn kein schlechter Handel.

»Passt auf.« Der Reporter senkte seine Stimme. »Über die Drosskova gibt es eine Menge Gerüchte in der Stadt. Nichts Genaues weiß man nicht und ich komme auch nicht weiter. Diese Russen halten zusammen wie Pech und Schwefel …«

»Ach«, sagte Otto. »Und wie sollen wir was rauskriegen, wenn du es schon nicht schaffst?«

»Ihr seid Kinder. Vielleicht nehmen sie euch nicht ernst.«

»Otto haben sie aber zumindest ernst genug genommen, um ihn in eine Falle zu locken«, meinte Klara.

Billy zuckte mit den Schultern. Dann schaute er auf seine Armbanduhr. »Ich muss los, die Ginelli hasst es, wenn man zu spät kommt!« Er zückte seinen Notizblock, kritzelte ein paar Worte darauf und riss das Blatt ab. »Hier, der kann euch vielleicht weiterhelfen. Aber sagt ihm nicht, dass ich euch schicke, sonst erfahrt ihr gar nichts.«

Klara wollte das Stück Papier entgegennehmen. Billy ließ es jedoch nicht los.

»Ottos Kopf, meine Story.« Sein Gesicht war mit einem Mal eiskalt. »Gilt der Handel?«

Klara nickte, und wie aus einem Mund bestätigten alle vier Schatten: »Ja!«

Kaum hatte Billy die Dachluke hinter sich geschlossen, sprang Otto auf. »Lass mal seh…« Aber er brachte den Satz nicht zu Ende. Stattdessen drehte er sich einmal um die eigene Achse und wäre der Länge nach auf die Holzdielen geschlagen, wenn nicht eine der Schneiderpuppen den Sturz aufgehalten hätte.

Vorsichtig betteten die anderen ihn wieder auf die Pritsche.

Im selben Augenblick klopfte es. Etwas klirrte. Paule schlich zur Luke und blickte zu Klara. Parole, formten ihre Lippen.

»Äh … Pa-Parole?«, fragte Paule.

»Wurstbrot«, knurrte jemand zurück. »Nix Parole!«

Als Paule die Luke öffnete, schaute er auf ein Tablett mit einem Teller. Vier Graubrotstullen, dick mit Fleischwurstscheiben belegt, lachten ihn an, daneben vier Gläser Milch und vier blank polierte Äpfel. Muttchen Pieper balancierte die köstliche Fracht über ihrem Kopf.

»Abendessen, die Herrschaften«, keuchte sie. »Kannste mal annehmen?« Die Wirtin hatte mit den Jahren ein paar Kilo zulegt und kam schnell aus der Puste. Jetzt wischte sie sich mit ihrer karierten Schürze den Schweiß von der Stirn. »Junge, Junge! Beim nächsten Mal steck ich euch in den Keller, gleich neben die Bierfässer.«

Muttchens Tonfall war immer ein wenig ruppig. Mit ihrem streng nach hinten gezurrten Haaren, die sie im Nacken zu einem Dutt gebunden hatte, flößte sie auch den dunkelsten Gestalten Respekt ein. Aber nun schaute sie mit einem warmen Lächeln zu, wie Klara, Lina, Paule und Otto ihre Brote verschlangen.

»Ist die Polente noch unten?«, fragte Klara mit vollem Mund.

Muttchen nickte. »Die haben Sitzfleisch, die Jungs. Und ihr solltet auf der Hut sein. Die reden von nichts anderem als von Otto.« Sie stemmte ihre dicken Arme in die Seiten. »Macht mir keinen Ärger, Kinder …« Kopfschüttelnd verstummte sie, dann drehte sie sich um und stieg hinab ins Treppenhaus.

»Moment!«, rief Klara.

Muttchen blieb stehen. Nur noch ihr Kopf ragte durch die Luke auf den Speicher. Klara starrte auf den Zettel, den Billy Barrakuda ihr gegeben hatte.

»Fi-Fich-te-str-aße«, buchstabierte sie angestrengt. »Weißt du, wo die liegt?«

»Das ist unten an der Hasenheide, meine Schwester Agathe wohnt in der Gegend. Ist aber ein ordentliches Stück von hier«, sagte Muttchen. »Was wollt ihr da?«

Klara zuckte mit den Schultern und murmelte etwas Unverständliches. Auch die anderen Schatten wichen Muttchens strengem Blick aus.

Die Wirtin seufzte. »Macht mir keinen Ärger, hört ihr?«

»Bestimmt nicht. Keene Sorje, Muttchen«, versprach Paule. Aber da war sie schon weg.

9. KAPITEL,

in dem ein ziemlich kleiner Graf ziemlich große Angst hat

»Graf Danilo, Fichtestraße«, las Lina laut vor. Klara hatte ihr Billy Barrakudas Zettel weitergegeben. Lina blickte ratlos auf. »Die Hausnummer hat Billy vergessen.«

»Wenn er ein Graf ist, dann wohnt er bestimmt im schicksten Haus der Straße«, mutmaßte Otto. »Wir fahren hin und gucken uns um.«

»Du fährst nirgendwo hin«, meinte Klara streng. »Sonst kippst du nur wieder aus den Latschen. Du bleibst schön liegen. Ich übernehm das.«

»Ich komm mit!«, riefen Paule und Lina im Chor.

»Paule begleitet mich«, entschied Klara. »Lina, du kümmerst dich um Otto.«

Bevor Lina losjammern konnte, hatte Klara die Luke zum Treppenhaus schon aufgemacht und ging die Stiege hinunter.

Auf Zehenspitzen schlich sie sich mit Paule nach unten. Eine unnötige Vorsichtsmaßnahme, im Schankraum hätte man sie nicht gehört, selbst wenn sie beide die Treppe hinuntergestürzt wären. Dröhnendes Gelächter und Gegröle drang durch die halb offene Tür.

Sie brauchten eine geschlagene Stunde für den Weg zur Hasenheide, weil sie zweimal vom Schaffner auf dem Trittbrett der Elektrischen erwischt und vom Wagen geworfen wurden. Als sie in der Fichtestraße ankamen, war es kurz nach neun.

»'n bisschen spät, um jetzt noch bei eenem von und zu vorzusprechen«, meinte Paule.

»Erst mal müssen wir ihn finden«, sagte Klara. »Wenn Billy uns doch nur die Hausnummer aufgeschrieben hätte.«

»Da!«, schrie Paule so laut, dass Klara zusammenfuhr und ein Bettler, der Klara nicht einmal bis zum Kinn reichte und an der Litfaßsäule vor sich hin dämmerte, vor Schreck die Augen aufriss. Auch der Zeitungsbursche, der am Straßenrand die Abendzeitungen sortierte, starrte neugierig zu ihnen herüber. »Da drüben isses, dett is ja wohl keene Frage!«

Paule hatte recht, nur ein Haus auf der Fichtestraße kam als Wohnsitz eines Grafen infrage. Ein hohes, rotes Bauwerk, das zwischen den anderen Gebäuden stand wie eine Rose im Brennnesselfeld. Verspielte Erker und Schnörkel aus Stuck verzierten die Fassade, zur Haustür führte eine breite Marmortreppe mit einem golden glänzenden Geländer.

»Da können wir doch nicht einfach anklingeln«, sagte Klara, aber Paule war schon vorausgerannt.

»Wir haben doch dett Zauberwort«, erinnerte er Klara, als sie vor der Tür standen. »Drosskova.« Er zog an der Klingelschnur, aber drinnen rührte sich nichts. Nach zwei Minuten klingelte Paule noch einmal. »Niemand zu Hause«, sagte er enttäuscht, doch im selben Moment wurde die Tür aufgerissen.

Klara blinzelte wie geblendet. Vor ihnen stand eine Prinzessin, dachte sie im ersten Moment. Dann erkannte sie, dass die Prinzessin in Wirklichkeit ein Dienstmädchen war. Allerdings ein wunderschönes. Es trug ein halblanges Kleid mit einer blütenweißen Schürze, auf seinem Haar saß ein Häubchen aus weißer Spitze.

»Was gibt's?«, fragte das Dienstmädchen spitz.

»Wir möchten zum Jrafen Danilo«, teilte Paule ihr mit.

»Zu wem?«

»Zu dem Graf Danilo.«

Jetzt sprach Paule sogar Hochdeutsch. Er hörte sich dabei an wie einer der sprechenden Köpfe auf dem Jahrmarkt.

»Nie gehört«, sagte das Mädchen. »Und betteln ist hier auch verboten. Verzieht euch.«

Sie wollte die Tür zuwerfen, aber Paule schob einen Fuß auf die Schwelle. Er beugte sich nach vorn und senkte seine Stimme zu einem vertraulichen Wispern.

»Dross-ko-va.«

Die Dienstmädchenprinzessin machte ein Gesicht, als ob er sie angespuckt hätte. »Drossko-wat? Bei dir piept's wohl! Wenn ihr nicht sofort abhaut, ruf ich die Polizei!«

Klara schnappte nach Luft. Die Polizei, das fehlte ihnen gerade noch.

»Lass uns verduften«, flüsterte sie Paule zu und zupfte ihn am Ärmel.

Widerwillig lenkte er ein. Er zog den Fuß nach draußen, die Tür knallte ins Schloss.

»Die Adresse merk ick mir, das kannste glauben. Wenn dett mal nich ein schickes Teppichhaus war, ick hab's jenau jesehen.«

Klara hatte es auch gesehen. In Häusern, in denen sogar die Treppen mit Teppichen belegt waren, gab es etwas zu holen. Aber nicht heute.

»So eine dumme, einjebildete Pute!«, knurrte Paule verärgert. »Wie kommen wir zum Graf, wenn sie uns nicht durchlässt?«

»Ihr wollt zum Graf?«

Die helle Stimme ließ sie beide herumfahren. Auf der Straße stand der Zeitungsjunge und blickte neugierig zu ihnen hoch.

»Ja«, sagte Klara widerwillig. »Aber man lässt uns nicht rein.«

»Meint ihr etwa, der wohnt hier?« Der Bursche kicherte. »Das ist gut, das ist wirklich gut.«

Er wollte noch etwas sagen, aber die Heiterkeit übermannte ihn. Vor lauter Wiehern und Juchzen brachte er keinen Ton heraus. Klara zog Paule die Stufen nach unten und überlegte, ob sie dem Jungen kräftig gegen das Schienbein treten sollte. Vielleicht sah er die Drohung in ihrem Gesicht, auf jeden Fall beruhigte er sich plötzlich.

»Das hier ist das Haus von Direktor Tirokée. Zahnpasta-Tirokée. Ihr wisst doch: Zähne weiß wie Schnee, dank Zahncreme Tirokée.«

Natürlich. Den blöden Werbespruch kannten auch Klara und Paule.

»Und der Graf Danilo?«, fragte Paule. »Wo wohnt der?«

»Was wollt ihr denn von ihm?«

»Das sagen wir ihm schon selbst.«

»Also gut. Dann kommt mal mit.«

Er drehte sich um und eilte so schnell die Straße hinunter, dass sie ihm kaum folgen konnten. Der Junge führte sie wieder zurück zur Hasenheide, bis zu der Litfaßsäule, vor der noch immer der Zwerg hockte und bettelte.

»Und jetzt?«, fragte Paule.

»Seid ihr am Ziel. Bitte schön, gern geschehen«, sagte der Junge. Dann ließ er sie einfach stehen.

Klara ging auf den kleinen Mann zu, der sie mit hellwachen Augen beobachtete. »Entschuldigen Sie die Frage«, sagte sie. »Aber sind Sie Graf Danilo?«

Der kleine Mann erhob sich. »Auch Danilo der Kleine genannt«, erwiderte er mit unverkennbar russischem Akzent. »Der bin ich.«

Graf Danilo hatte sich wieder hinter seinem Hut niedergelassen. Klara und Paule kauerten neben ihm.

»Wir haben gehört«, sagte Klara, »dass Sie uns Informationen über –«

»Drrrosss-kooo-vaa«, fuhr Paule ihr dazwischen und versuchte dabei sehr geheimnisvoll auszusehen.

»Die ist tot«, sagte der Graf.

»Janz jenau«, nickte Paule. »Und deshalb sind wir hier.« Dann wusste er nicht mehr weiter und blickte hilflos zu Klara.

»Wir … äh … also, Sie müssen uns helfen. Man hat uns nämlich erzählt … also, jemand hat gesagt, sie wüssten … äh … alles.«

»Ich weiß nichts. Und wer hat gesagt, dass ich euch helfen kann?«

»Das ist geheim«, sagte Klara.

»Geheim. Soso …«

»Sind Sie wirklich ein Graf?«, platzte Paule heraus. »Und warum haben Sie dann keen anständijes Haus?«

Danilo seufzte.

»Ich bin wirklich ein Graf, auch wenn Danilo nicht mein richtiger Name ist. Und ich hatte einst auch ein *anständiges* Haus. Aber das ist eine lange Geschichte aus einer anderen Zeit, die ihr bestimmt nicht hören wollt.« Er zuckte mit den Schultern. »Verratet mir lieber eins: Warum in aller Welt sollte ich euch helfen?«

»Weil wir janz schön in der Patsche sitzen«, erklärte Paule. »Oder vielmehr unser Kumpel Otto. Die Polente glaubt nämlich, dass er die Drosskova abjemurkst hat.«

»Wie kommen die denn darauf, dass er es war?«

»Na ja.« Klara räusperte sich unbehaglich. »Er wurde bei der Leiche erwischt. Und sein Messer war die Tatwaffe. Und wir sind … äh … Diebe.«

»Aber ihr seid euch sicher, dass er es nicht war?«

»Absolut sicher«, beteuerten Klara und Paule im Chor.

Danilo der Kleine nickte nachdenklich. »Ich mir auch.«

»W-w-wirklich?«, stammelte Klara überrascht. »Aber Sie kennen Otto doch gar nicht.«

»Aber ich kenne die Drosskova. Und ich weiß, dass hinter diesem Mord keine Knirpse wie ihr stecken.«

Klara schaute zu ihm hinunter. Aufrecht stehend hätte ihr Danilo höchstens bis zur Brust gereicht. Eine böse Bemerkung verkniff sie sich jedoch.

»Wir müssen Ottos Unschuld beweisen!«, sagte sie stattdessen. »Und dazu müssen wir herausfinden, wer Otto auf dem Kieker hat. Und vor allem – warum!«

»Leise.« Graf Danilo legte einen Finger an die Lippen. »Wenn ihr eurem Freund helfen wollt, müsst ihr zuerst drei Dinge lernen. Erstens: Nicht so laut reden. Zweitens: Nichts ist, wie es scheint. Und drittens: Traut niemandem. Euer Feind ist euer Freund und euer Freund ist euer Feind.«

»So watt Beklopptes«, widersprach Paule. »Euer Freund is euer Feind. Da kennen Sie uns aber schlecht.«

Danilo zog sie näher zu sich herunter. Sie bückten sich, damit er ihnen ins Ohr flüstern konnte. Klara roch, dass er schon ein oder zwei Schnäpschen getrunken hatte.

»Die Drosskova«, wisperte er, »war besser als ihr Ruf. Und reicher. Sie hat vielen geholfen, die vor der Revolution in Russland fliehen mussten. Aber genau deshalb hatte sie auch mächtige Feinde.«

»Was für Feinde?«, fragte Klara. Auch sie flüsterte jetzt.

»Das kann man sich doch denken«, sagte Danilo.

Klara räusperte sich. Allzu ahnungslos wollte sie nicht dastehen. »Klar«, sagte sie deshalb. »Was sollen wir denn jetzt machen Ihrer Meinung nach, Herr Graf?«

Der Graf öffnete den Mund, um zu antworten, aber ein schwarzes Automobil bog um die Ecke und ratterte auf sie zu. Trotz der Dunkelheit, gegen die auch die Straßenlaternen nicht viel ausrichten konnten, waren die Scheinwerfer des Wagens ausgeschaltet.

»Oh«, sagte der Graf nur noch und schnappte seinen Hut. Die Groschen, die darin lagen, klimperten auf den Gehweg. Kurz zuckte seine Hand danach, aber dann überlegte er es sich anders und ließ das Geld liegen. Er hatte es plötzlich sehr eilig. »Ich muss los«, flüsterte er.

»Halt!« Klara packte ihn am Ärmel. Der fadenscheinige Stoff zerriss. »Sagen Sie uns, was wir tun sollen!«

»Findet die Tränen der Zarin«, raunte ihr der Graf zu. »Dann habt ihr auch den Mörder.« Er riss sich los und verschwand in einer Seitenstraße. Klara wunderte sich, wie schnell er sich mit seinen kurzen Beinen aus dem Staub machte.

»Den erwisch ick noch«, rief Paule und wollte ihm nach, aber Klara hielt ihn zurück.

»Wir verdrücken uns lieber.«

Der Wagen war jetzt genau neben ihnen und tuckerte gefährlich langsam an Klara und Paule vorbei. Hinter dem Steuer war ein spindeldürrer Mann zu erkennen, dessen Kopf fast über die Windschutzscheibe des offenen Wagens hinausragte. Der Beifahrer beobachtete sie mit Glupschaugen, die sich nicht auf eine Blickrichtung einigen konnten. Beide trugen Hüte, die ihnen tief in die Stirn reichten.

Klara zog Paule in einen Hauseingang. Zu ihrer Erleichterung hielt der Wagen nicht.

»Und jetzt?«, fragte Paule. »Hast du irgendwas von dem verstanden, watt dieser Jraf jesagt hat?«

»Die Tränen der Zarin«, murmelte Klara. »Das hab ich verstanden. Aber ich hab keinen blassen Schimmer, was das bedeuten soll.«

»Ick auch nich.« Paule gähnte. »Aber ick kann dir wat anderes varraten: Ick bin hundemüde.«

»Ich auch. Hoffentlich schmeißt uns der Schaffner nicht wieder aus der Tram.«

»Janz bestimmt nicht. Der hat nämlich längst Feierabend. Die Elektrische fährt nicht mehr.«

»Also zu Fuß.« Klara seufzte. »Na, denn mal los.«

»Welche Feinde hatte die Drosskova?«, sagte Otto. »Das ist doch die entscheidende Frage.«

Er hockte im Schneidersitz auf seinem Krankenlager, die anderen Schatten saßen um ihn herum. Nur eine Kerze in einem alten Einmachglas warf ihr Licht auf den Speicher. Es flackerte über die vier Gesichter. Der Raum hinter ihnen lag im Dunkeln, und Otto schaute sich immer wieder verstohlen um, ob nicht doch von irgendwoher Gefahr drohte.

»Das kann man sich doch denken, hat dieser Danilo gesagt«, sagte Klara.

»Also, ick kann mir jar nüscht denken.«

Paule reckte sich und gähnte. Es war kurz nach Mitternacht, Klara und er waren vor wenigen Minuten auf dem Dachboden eingetroffen.

Otto hatte auf sie gewartet. Im Gegensatz zu Lina, die seit drei Stunden auf seinem Feldbett schnarchte, hatte er nicht einschlafen können. Seine Schulter schmerzte und in seinem

Kopf tobten die tote Großfürstin, der dicke Trettoff und Billy Barrakuda herum.

»Was ist das für eine Revolution, von der dieser Graf gesprochen hat?«, fragte er jetzt.

Automatisch blickten sie alle drei auf das schlafende Mädchen. Wenn einer von ihnen etwas über das Weltgeschehen wusste, dann war das Lina.

»Schwestachen«, sagte Paule. »Kannste mal eben uffwachen und uns watt erklären?«

Lina reagierte sofort. Sie rappelte sich verschlafen hoch und rieb sich mit den Fäusten in den Augen.

»Vermutlich meinte er die Russische Revolution«, leierte sie noch im Halbschlaf herunter. »In Russland herrschte früher der Zar. Und weil der so geldgierig und grausam war, machten die Menschen eine Revolution. Vor ungefähr vier …«, sie geriet ins Stocken, »… oder dreißig Jahren.«

Ganz hieb- und stichfest war Linas Geschichtswissen nicht, aber Otto wunderte sich immer wieder, was alles in ihrem Kopf Platz fand. Manchmal verschwand Lina für einen ganzen Tag in der Bibliothek, und wenn sie abends zurückkam, hatte sie dieses sonderbare Leuchten in den Augen. Außerdem standen ihre Haare ab, als seien sie elektrisch aufgeladen. An solchen Abenden hörte sie gar nicht mehr auf zu reden. Sie erzählte von seltenen Käfern, die ihre ganze Familie auf dem Rücken trugen, oder sagte sämtliche Nebenflüsse des Mississippi auf.

»Und was hat das mit der Drosskova zu tun?«, fragte Otto.

»Keine Ahnung«, meinte Lina. »Vielleicht war sie mit dem Zaren befreundet. Den haben sie nach der Revolution abgemurkst. Und alle seine Freunde mussten fliehen, sonst wären sie ebenfalls kaltgemacht worden.«

Bei den letzten Worten schaute sich Otto wieder um. Von der Straße schallten die Stimmen von ein paar Betrunkenen herauf.

»Gibt es deshalb so viele Russen in Berlin?«, fragte Klara. »Sind das alles Zarenfreunde?«

»Halt, warte mal, warte mal!«, sagte Otto. »Der Zar war doch geldgierig und grausam, hat Lina eben erzählt. Wenn die Drosskova mit ihm befreundet war, dann war sie doch ebenfalls böse, oder?«

»Aber Graf Danilo hat gesagt, dass sie besser als ihr Ruf war«, korrigierte Klara.

»Und reicher«, fügte Paule hinzu.

»Vielleicht waren nicht alle Zarenfreunde böse«, überlegte Lina. »Was weiß denn ich.« Die vier letzten Worte waren ein deutliches Zeichen, dass sie keine Lust mehr hatte. Sie gähnte hörbar, dann ließ sie sich aufs Bett fallen und schloss die Augen. Ihr erster Schnarcher war so laut, dass alle zusammenzuckten.

»Was hat der Graf noch gesagt?«, wandte sich Otto an Klara.

»Dass die Drosskova mächtige Feinde hatte, weil sie vielen geholfen hat, die fliehen mussten.«

»Mächtige Feinde. Hm. Und wie war das mit diesem Automobil? Vielleicht ist es ja nur zufällig vorbeigekommen.«

»Möglich«, gab Klara zu. »Aber nicht sehr wahrscheinlich. Der Wagen fuhr ganz langsam. Und die Lichter waren aus.«

»Konntest du den Fahrer erkennen?«

»Er war groß und trug einen Hut. Und die Augen von dem anderen waren … komisch.«

»Wie – komisch?«

»Sie waren irgendwie … glupschig. Wie die von Caruso.«

Die anderen drei stöhnten im Chor.

Caruso gehörte zu den ärgsten Feinden der Schatten. Der Pinscher mit den Glupschaugen war Tante Elfis Ein und Alles, dabei war er bissig, jaulte ständig wie eine Opernsängerin, der man auf den Fuß getreten hat, und pinkelte aus Bosheit auf die zerschlissenen Wolldecken der Waisenhauskinder. Und wurde dafür auch noch mit Schlackwurst belohnt, während die Kinder leer ausgingen.

»Glupschaugen?« Eine Erinnerung durchzuckte Otto, aber bevor er sie richtig zu fassen bekam, war sie schon wieder weg.

»Was war das für ein Auto? Ist es euch gefolgt?«

»Ein Horch 10 M 25«, antwortete Paule wie aus der Pistole geschossen. »Vier Zylinder, 1,6 Liter Hubraum, 50 PS. Nee, der ist uns unter Jarantie nicht jefolgt, dett hätt ick jehört.«

»Hm«, machte Otto. Ein Mann mit Augen wie Caruso. An was erinnerte ihn das bloß?

»Wir sollten diesen Danilo noch mal richtig in die Mangel nehmen«, sagte Paule. »Der muss uns alles sagen, was er über die Drosskova weiß.«

»Die Drosskova!«, rief Otto leise. »Jetzt weiß ich es wieder! Ich hab diesen Kerl mit den Glupschaugen schon mal gesehen. Zusammen mit so einem dürren Klappergestell. Sie sind mir im Treppenhaus der Pension begegnet, kurz bevor ich die Drosskova gefunden habe.«

»Das fällt dir erst jetzt ein?«, rief Klara empört.

»Ist mir in der Aufregung entglitten. Trettoff hätte mir das eh nicht geglaubt. Die beiden hatten es furchtbar eilig. Sie haben mich fast umgerannt.«

»Natürlich hatten sie es eilig. Sie hatten ja gerade die Drosskova umgebracht und wollten abhauen«, sagte Klara.

»Die Tränen der Zarin«, murmelte Otto. »Ich möchte wissen, was das bedeuten soll.«

»Vielleicht weiß es Billy«, meinte Klara.

»Wenn der was wüsste, hätte er uns doch nicht zu dem kleinen Grafen geschickt.«

Die Pritsche, auf der Lina lag, ächzte und quietschte. Lina rollte sich auf den Bauch und flüsterte »Madame Fatale«, ohne dabei die Augen zu öffnen oder mit dem Schnarchen aufzuhören.

Die übrigen Schatten musterten sie überrascht.

»Sie kann uns bestimmt helfen«, sagte Lina, immer noch mit geschlossenen Augen.

»Blödsinn«, sagte Otto. »Wahrsagerei. Magie. Hokuspokus. Ich glaub nicht an so was.«

»Ich auch nicht«, sagte Klara. »Aber immerhin hat sie uns schon geholfen. Im Polizeipräsidium. Raum 56. Ohne Madame Fatales Tipp hätte ich dich nie gefunden.«

»Zufall«, knurrte Otto.

»Komischer Zufall«, sagte Klara. »Ich finde, Lina hat recht. Versuchen kann man es ja mal.«

»Kann man nich«, meinte Paule. »Ich war gestern noch an der Nolle. Die ›Schwarze Katze‹ hat jeschlossen.«

»Für immer?«, fragte Klara erschrocken.

»Da stand was an der Tür«, sagte Paule. »Aber ich konnte es nich lesen.«

»Sie erwartet uns«, flüsterte Lina, dann drehte sie sich seufzend auf die linke Seite und schlief weiter.

»Woher willst du das wissen, Lina?«, fragte Klara misstrauisch. »Hast du sie gesehen?« Aber natürlich bekam sie keine Antwort. Auf derartige Fragen antwortete Lina nie.

»Na denn, jute Nacht«, sagte Paule.

Otto pustete die Kerze aus, nachdem sich alle auf ihren Schlafplatz verzogen hatten.

10. KAPITEL,

das für Otto und Paule fast das letzte geworden wäre

Dass Mädchen immer so abergläubisch sein müssen, dachte Otto. Von Lina war er es nicht anders gewohnt, die hatte schon immer diesen Hang zum Übersinnlichen gehabt. Aber Klara?

Klara stand mit beiden Beinen auf der Erde. Jedenfalls normalerweise. Seit der Begegnung mit dieser Wahrsagerin war sie jedoch nicht mehr die Alte. Diese Madame Fatale hatte sie irgendwie verändert. Die Geschichte mit der Tür, die plötzlich aus dem Nichts aufgetaucht war, mit Oscuro, dem Dunkelmenschen, und dann die Prophezeiung, die sie im Polizeipräsidium angeblich gerettet hatte. So was gab's doch nicht.

Andererseits konnte Klara das alles kaum geträumt haben. Wie wäre sie sonst an Eltingers Handtasche gekommen?

»Verrückt«, murmelte er halblaut.

»Wat?«, fragte Paule.

»Klara und Lina sind verrückt.«

»Ach so, ick dachte, ett jibt wat Neues.«

Sie schauten sich an und lachten.

Die beiden Mädchen hatten sich zum Nollendorfplatz aufgemacht, um nachzusehen, wie lange die »Schwarze Katze« noch geschlossen war. Als sie weg waren, beschloss Otto, es doch noch einmal bei Billy Barrakuda zu versuchen. Dafür brauchte er allerdings Paules Hilfe, der alles andere als begeistert von der Idee war.

»Du hast wohl 'ne Meise! Haste verjessen, dass dir die janze Berliner Polente sucht? Und dass diese russischen Zarenmörder hinter dir her sind?«

Das war Otto egal. Er hatte nun schon drei Tage auf Muttchens Speicher verbracht, er musste raus, sonst drehte er auch noch durch – wie Klara und Lina.

Sie liefen die Potsdamer Straße entlang, ihre Mützen tief in die Stirn gezogen.

»Noch mal zum Ablauf«, sagte Otto zum fünften oder sechsten Mal. »Du gehst ins Redaktionsbüro und holst Billy raus. Wir treffen uns dann …«

»Im Tierjarten am Goldfischteich«, beendete Paule den Satz. »Klar wie Kloßbrühe.«

»Pass auf, dass keiner der anderen Reporter was merkt.«

»Ja, Otto.«

»Und dass dir keiner folgt.«

»Sicher, Otto.«

»Und wenn dir irgendwas verdächtig vorkommt … Aua!«

Paule griff sich plötzlich Ottos Arm, ausgerechnet den verletzten, und zog ihn in einen Eingang. Bevor Otto losschimpfen konnte, sah er Paules kalkweißes Gesicht.

»Was ist?«, flüsterte er.

»Horch!«, wisperte Paule.

Otto sperrte die Ohren auf und hörte: Automobile, die über die Potsdamer Straße brausten, eine Fahrradklingel, das Geratter der Trambahn, die schrille Stimme eines Blumenmädchens und die Glocken von St. Matthäi, die gerade zehn schlugen. Irgendwo im Haus klimperte jemand auf dem Klavier, eine Geige wurde gestimmt. Sie standen im Eingang des Rundfunkgebäudes, das vor wenigen Jahren eingeweiht worden war.

»Ich hör nichts«, sagte Otto, wobei er seine Kappe tiefer ins Gesicht zog. »Also, jedenfalls nichts Verdächtiges.«

»Aber icke. Een Horch. Und zwar een 10 M 25.« Das Auto, das Klara und Paule gestern an der Hasenheide gesehen hatten!

»Wo?«

»Weeß ick nich. Ick hör ihn, aber ick kann ihn nich sehen.«

Otto streckte die Nase aus dem Torbogen und spähte die Straße entlang. Er hatte nicht den blassesten Schimmer, wie ein Horch 10 M 25 aussah. Aber den Mann auf der anderen Straßenseite erkannte er sofort.

Der Filzhut, der für diese Jahreszeit viel zu warm war, der Anzug mit den Lederflicken auf den Ellbogen und die Glupschaugen, die den oberen Teil der Straße absuchten. Das war der Kerl, dem er im Treppenhaus der Witwe Botts begegnet war. Noch hatte er Otto nicht entdeckt. Oder doch?

Seine Glotzer standen nicht nur hervor, sie schielten auch in zwei verschiedene Richtungen. Vielleicht hatte er damit auch den Torbogen im Blick.

»Lass uns abhauen«, zischte Otto.

»Blümchen für die Liebste?« Neben Otto war plötzlich das Blumenmädchen aufgetaucht. Das brachte ihn auf eine Idee.

»Ich würde dir gern ein paar Blümchen abkaufen«, säuselte er. »Aber ich hab kein Geld dabei. Ich wohne allerdings ganz in der Nähe ...«

»Wenn du meinst, dass ich mit in deine Bude komme, hast du dich aber geschnitten«, zischte das Blumenmädchen.

»Natürlich nicht. Du wartest unten, ich flitze kurz hoch und hol die Kröten. Einverstanden?«

Bevor das Mädchen antworten konnte, hatte er sich schon bei ihm eingehakt und nahm ihm den Korb ab. »Hm, diese Blümchen. Wie die duften!« Er hob den Blumenkorb dicht vors Gesicht.

»Komm, Paule!«, raunte er dabei.

»Da hinten wohn ich«, erklärte Otto nach einigen Metern. »Ich ... äh ... laufe schon mal vor.« Er drückte dem Mädchen den Blumenkorb wieder in den Arm und begann zu rennen. Paule folgte ihm.

Das Mädchen schrie ihnen immer noch Schimpfwörter nach, als sie durch eine Toreinfahrt in einen Hof stürmten. Von dort, das wusste Otto, gelangten sie über ein Hinterhaus zur Tiergartenstraße, wo sie im Gewühl der Passanten verschwinden würden.

Paule keuchte. »Nüscht zum Frühstück und nu een Maradings.«

»Thon, Mara*thon*«, gab Otto zurück, ohne seine Schritte zu verlangsamen. Erstaunlich, dass Lina in ihrem Kopf fast alles speichern konnte und ihr Bruder Paule fast nichts.

Am zweiten Durchgang gewann Paule jedoch Oberwasser.

Ein Vorhängeschloss versperrte das Tor. Paule zog den linken Mundwinkel bis zum Ohr und einen gebogenen Draht aus der rechten Hosentasche.

»Allzeit bereit«, grinste er.

Keine dreißig Sekunden später quietschten die Scharniere des Tors. Otto schlug seinem Freund anerkennend auf die Schulter.

Sie durchquerten den nächsten Hof, kletterten über eine Mauer und schlüpften durch einen kleinen Garten.

»Haben wir ihn abgehängt?«, fragte Otto erschöpft, als sie kurz darauf auf die Tiergartenstraße traten. Sein Arm brannte wie verrückt. Vielleicht hätte er doch besser im Bett bleiben sollen, wie Klara gesagt hatte.

Paule lauschte.

»Wie kommen wir denn von hier zur Redaktion?«, überlegte Otto. »Ich denke, es ist am besten, wenn wir bis zum Park gehen und dann …«

Er verstummte, als er sah, wie Paules Augen sich weiteten.

»Alles in Ordnung, Paule?«

Paule schüttelte nur stumm den Kopf. Im selben Moment hörte Otto Reifen quietschen. Als er sich umdrehte, blitzten zwei schwarze Kotflügel genau vor seiner Nase. Zwei Scheinwerfer, groß wie Muttchen Piepers Suppenteller, starrten ihn an. Der Wagen sank beim Bremsen ein wenig in die Stoßdämpfer und hob sich, als der Fahrer ausstieg.

Obwohl Otto überhaupt nichts von Autos verstand, wusste er sofort, dass das ein Horch 10 M 25 war. Das Verdeck hatte der Fahrer zurückgeschoben, auf dem Trittbrett der Beifahrerseite stand Glupschauge und hielt sich mit einer Hand am Ersatzreifen fest. Zwischen seinen Zähnen steckte ein Streichholz. Er straffte den Kiefer, ein Knacken, das Hölzchen zerbrach und verschwand in seinem Rachen. Mitsamt dem roten Zündkopf.

Otto hätte sich nicht gewundert, wenn ihn im nächsten Augenblick ein Feuerstrahl aus dem Hals des Mannes davongefegt hätte. Aber der bleckte nur die Zähne zu einer Art Lächeln und offenbarte dabei zwei Lücken anstelle der Schneidezähne.

»Jibiertrai krawattschki«, knurrte er.

»Keene Ahnung, watt dett heißt, aber ick finde – nüscht wie weg«, schlug Paule vor.

Es war zu spät. Der dürre, lange Fahrer hatte seine knochigen Finger bereits in Paules Schulter gekrallt. Otto wollte ihm zu Hilfe kommen, als er die Pistole in Glupschauges Hand sah.

»Tschorrburtjiesch kra maskrotziia?«

Die Schmerzen in Ottos Arm waren auf einmal wie weggeblasen. Lass dir was einfallen!, beschwor er sich. Wir sind die Schatten, schnell und schlau, keiner sieht sie je genau. Der kompletten Berliner Polizei hatten sie bisher ein Schnippchen geschlagen. Und nun sollten sie zwei Ganoven in die Fänge gehen?

Die Straße war voller Fußgänger, Fahrradfahrer, Droschkenkutscher, die bestimmt nicht tatenlos dabei zuschauen würden, wenn mitten in Berlin am helllichten Tag zwei Jungen von Kugeln durchsiebt wurden. Aber bis jemand eingriff, waren Paule und er vielleicht schon tot. Oh weh, dachte Otto.

Dann sah er die beiden Schupos. Sie spazierten gemütlich plaudernd die Straße entlang und hatten bislang weder Otto und Paule noch die beiden Schurken bemerkt.

»Herr Wachtmeister!«, hörte Otto sich rufen. »Könnten Sie uns behilflich sein?« Er konnte es nicht fassen, dass ihm diese Worte über die Lippen kamen.

Paule auch nicht. Er starrte Otto verständnislos an. Glupschauges Hand zuckte, aber dann verschwand die Pistole mit einer kaum wahrnehmbaren Bewegung unter dem Jackett. Auch Knochenfingers Griff lockerte sich, seine Hand lag nun fast freundschaftlich auf Paules Schulter.

»Njerbiski watsch!«, fauchte der Russe.

»Dett kannste wohl sagen«, flüsterte Paule.

Die Polizisten verschränkten ihre Hände auf dem Rücken und wippten im Gleichtakt auf den Fersen. »Was gibt's?«, fragte der ältere der beiden und musterte dabei das Auto, dann die Russen und Paule.

»Die Herrschaften suchen wohl den Weg, aber leider können wir ihnen nicht behilflich sein, weil wir kein Russisch sprechen«, säuselte Otto sanft.

»Ich kann auch kein Russisch«, sagte der ältere Schupo. »Du vielleicht?«

»Kein Wortschki.« Sein jüngerer Kollege kicherte über seinen Scherz.

Otto traten Schweißperlen auf die Stirn. Er wollte hier eigentlich kein Schwätzchen halten.

»Also, wo wollense denn hin, hier in Berlinschki?«, fuhr der junge Polizist fort und stieß dabei seinen Ellenbogen grinsend in die Seite des anderen.

Aber der hörte gar nicht richtig hin. Seine Blicke schweiften von Otto zu Paule und wieder zu Otto, an dem sie sich festhefteten. Er fummelte an den goldenen Knöpfen seiner Uniformjacke. Die Finger zitterten, am zweiten Loch blieb er hängen, fischte dann aber doch ein zusammengefaltetes Blatt hervor.

Otto erkannte sofort das Wappen des Berliner Polizeipräsidenten. Auch die sieben großen Druckbuchstaben, die durch das Papier schimmerten, waren ihm nur zu gut vertraut.

GESUCHT.

Jetzt oder nie, dachte Otto. Er rempelte Glupschauge an. Auch Paule reagierte sofort und schubste Bohnenstange gegen den Horch. Ein Omnibus bremste, die Fahrgäste purzelten übereinander. Ein Radfahrer stürzte auf den Asphalt.

»'tschuldigung!«, rief Otto.

Dann stürmten sie beide die Straße entlang.

»Der Mördaaaaa!«, brüllte der Schupo und wedelte mit der Suchanzeige, »haltet den Mördaaaa!«

11. KAPITEL,

in dem es schwarze Katzen regnet

Lina standen die Haare zu Berge. Schnurgerade ragten sie in alle Himmelsrichtungen, sodass sich die Marktweiber, Dienstmädchen und Hausfrauen, die den Nollendorfplatz bevölkerten, bereits neugierig nach ihr umdrehten.

»Lass das«, sagte Klara, dabei wusste sie doch ganz genau, dass Linas Haare ein Eigenleben führten. Es war manchmal wirklich anstrengend mit ihr.

»Was soll ich denn machen?«, erwiderte Lina. »Ich glaube, es liegt an –«

Den Satz konnte sie nicht vollenden. Etwas Schwarzes fiel vom Himmel herab und landete direkt vor ihren Füßen. Maunzend räkelte sich ein großer Kater vor Linas nackten Füßen.

Klara sprang mit einem entsetzten Aufschrei zur Seite. Lina dagegen wirkte keineswegs überrascht, dass es an einem Donnerstag im Juni Katzen regnete.

»Hallo, wie heißt du denn?«, fragte sie leise. Sie ging in die Hocke und streichelte über das glänzend schwarze Fell.

Die Katze schnurrte. Der Schweif wand sich hin und her. Kornblumenblaue Augen musterten zuerst Lina, dann Klara.

»Er verrät es nicht«, sagte Lina.

»Äh … was verrät er nicht?«

»Seinen Namen.«

Klara beschloss, nicht weiterzufragen. Wahrscheinlich würde sie sowieso keine Antwort erhalten.

Der Kater dehnte sich, dann sprang er auf, landete mit einem Riesensatz auf einem Fenstersims, hüpfte von dort auf die rot-weiß gestreifte Markise eines Ladengeschäfts und verschwand. Einen Wimpernschlag später knallte eine Tür und ließ Klara erneut zusammenfahren. Ihr Blick schoss in die Gasse, aus der das Geräusch gekommen war.

Da stand der Muskelmann, den sie bei ihrem ersten Besuch in der »Schwarze Katze« gesehen hatte. Lina strahlte ihn an wie einen alten Bekannten, aber der Kerl verzog keine Miene. Mit einer schnellen Kopfbewegung winkte er sie in die schmale Tür, aus der er soeben getreten war.

»Gleich siehst du Oscuro«, flüsterte Klara aufgeregt. Ihr Herz schlug plötzlich wie verrückt. Oscuro *sehen*, das war natürlich Quatsch. Oscuro sah man nicht. »Aber Yvette Lorraine, sie hat eine grüne Brille und goldene Absätze hoch wie … wie … na, du wirst es ja gleich erleben …«

Lina nickte. »Vielleicht«, murmelte sie.

Der Muskelmann führte sie wortlos durch eine Art Rumpelkammer. An den Wänden türmten sich ausrangierte Bühnenrequisiten: eine Treppe mit Geländer, die nach vier Stufen ins Nichts führte, Säulen aus Pappmaché, ein Sofa, aus dem riesige Sprungfedern ragten. Eine Tür auf der linken Seite führte in ein anderes Zimmer, das genauso vollgestopft war, und von dort ging es in eine weitere Abstellkammer. Vom nächsten Raum stiegen sie über eine Holzleiter in das darüberliegende Stockwerk, das ebenfalls als Lager diente. Sie gingen weiter und immer weiter. Von einem Zimmer ins nächste, treppauf und treppab.

Sie begegneten keinem anderen Menschen. Einmal glaubte Klara, die pelzige Hand des Dunkelmenschen an ihrer Wange zu spüren, aber es war nur ein Samtvorhang.

Sie versuchte, die Orientierung zu behalten, aber schon nach wenigen Minuten war sie hoffnungslos verloren. Nie und nimmer hätte sie allein den Weg zurückgefunden. Dann standen sie auf einmal vor der schlichten Holztür, die Klara von ihrem letzten Besuch kannte. Der Muskelmann war verschwunden.

»Worauf wartest du noch!?« Die Stimme kam von der anderen Seite der Tür.

Das war sie!

»Madame Fatale«, flüsterte Klara.

Mit zitternden Fingern drehte sie den Knauf, die Tür knarrte leise. Zwischen Klaras und Linas Beinen schnurrte die schwarze Katze und stahl sich vor ihnen in das Zimmer. Die Regale, die Bücher- und Aktenstapel, die Plakate an den Wänden, alles sah genauso aus wie vor wenigen Tagen – nur dass Madame Fatale nicht zu sehen war. Der Stuhl hinter dem wuchtigen Schreibtisch war leer.

»O là là!«

Die Stimme kam von oben.

Klaras und Linas Blicke flogen zur Decke.

Madame Fatale hing kopfüber von einem Deckenbalken herab.

Wenn man einmal ihre Position außer Acht ließ, sah sie genauso aus wie beim letzten Mal. Ihr dunkelblaues Kostüm war glatt gebügelt, aus ihrem Haarknoten hatte sich keine einzige Strähne gelöst. Ihr Gesicht war streng und ernst, ein bisschen röter als beim letzten Mal. Sie hing ja auch über Kopf.

»Ihr seid zu zweit«, fuhr sie fort. »Davon wurde mir nicht berichtet. Nun gut, setzt euch. Mein Experiment scheint sowieso nicht zu klappen. Sehr ärgerlich, ich hatte mir mehr davon erwartet.«

Sie klatschte in die Hände und der Muskelmann erhob sich vom Sofa in der Ecke. Er löste das Seil, an dem seine Chefin hing, von dem Deckenbalken und ließ Madame Fatale behutsam zu Boden.

»Hui«, sagte sie. Ihre Hände tasteten vorsichtig über ihre Frisur. Alles war in Ordnung.

Am Tisch notierte sie ein paar Worte mit einem Füllfederhalter, der Klara schon aufgefallen war. Klara hatte ein untrügliches Gespür für Dinge, die schön und wertvoll waren. Wenn sie den Füllfederhalter zu Geld machte, wären ihnen für mindestens eine Woche drei Mahlzeiten am Tag sicher.

»Denk überhaupt nicht daran«, murmelte Madame Fatale.

»Das würde Klara niemals tun«, sagte Lina.

»Also. Was wollt ihr?«, fragte die Wahrsagerin.

Dann hob sie den Kopf und sah Klara und Lina an. Eigentlich sah sie vor allem Lina an, stellte Klara fest und merkte zu ihrer eigenen Verwunderung, dass sie das ärgerte.

Madame Fatale lächelte in Linas Richtung. »Wie kann ich dir helfen, meine Kleine?«

Klara verkniff sich ein Schmunzeln. Das durfte niemand zu Lina sagen, eben weil sie die Kleinste und im letzten Jahr nur zwei Zentimeter und sieben Millimeter gewachsen war. Aber wenn Lina sich über Madame Fatales Worte ärgerte, dann zeigte sie es nicht. Im Gegenteil – sie strahlte die Wahrsagerin geradezu an.

»Wir brauchen Ihre …«, begann Klara, aber danach wusste sie nicht mehr weiter. Was sollte sie sagen? *Hilfe?* Das gefiel ihr nicht. »Wir brauchen Informationen.«

»Unser Freund Otto wird von der Polizei gesucht«, ergänzte Lina, »weil er angeblich eine Frau um die Ecke gebracht hat. Er war's aber nicht. Er wurde reingelegt.«

»Das ist schlimm«, sagte die Wahrsagerin. Sie wirkte dabei aber vollkommen ungerührt, als ob sie ihr gerade erzählt hätten, dass Otto sich das Knie aufgeschlagen hätte.

»Wir brauchen den Mörder!«, platzte Klara hervor.

»Und ich soll ihn euch liefern?«, fragte Madame Fatale und zog dabei die Brauen hoch.

Klara holte tief Luft. Das alles dauerte ihr zu lange. Während sie hier plauderten, kassierten Trettoff und Budde vielleicht Otto. Aber sie beherrschte sich. »Ganz genau.«

Madame Fatale lächelte herablassend. »Ich kann manche Dinge in der Zukunft erkennen, aber nicht alles. Und ich kann die Geschehnisse nicht beeinflussen.«

»Natürlich können Sie das!«, rief Klara empört. »Sie haben letzte Woche die grüne Tür gezaubert und mich vor Eltinger gerettet.«

»Das war ich nicht.« Die Wahrsagerin strich sich ein unsichtbares Stäubchen von der Schulter. »Das war Yvette.«

»Kann Yvette uns vielleicht helfen?«, fragte Lina mit schüchterner Stimme.

Madame Fatales Gesichtsausdruck änderte sich sofort, als sich ihr Blick auf Lina richtete. Sie wirkte auf der Stelle freundlicher. »Yvette hat Urlaub«, sagte sie lächelnd.

Du lügst, dachte Klara, die von Sekunde zu Sekunde wütender wurde. »Wenn Sie in die Zukunft sehen können, dann erzählen Sie uns doch einfach, wie diese ganze Geschichte ausgeht«, erklärte sie finster. »Kommt Otto frei oder landet er im Zuchthaus? Und was geschieht mit dem echten Mörder?«

»Das kann ich dir sagen, wenn du mir etwas von ihm gibst. Ein Haar. Oder einen Fingernagel.«

»Einen Fingernagel vom Mörder?«, wiederholte Klara fassungslos. »Aber … wir kennen ihn doch gar nicht.«

»Tja, da beißt sich die Katze in den Schwanz«, sagte Madame Fatale.

Unter dem Tisch schnurrte etwas.

»Vielleicht könnten wir mit der Großfürstin Drosskova sprechen«, schlug Lina vor.

Klara starrte sie mit offenem Mund an. Drehte Lina jetzt völlig durch?

»Würden Sie eine Séance mit uns machen?«, fragte Lina.

»Eine was?«, fragte Klara.

»Das ist natürlich eine Möglichkeit«, sagte Madame Fatale, ohne Klaras Frage zu beachten. »Heikel, aber denkbar.«

»Dafür brauchen wir ein Medium«, stellte Lina fest.

Klaras Schultern sanken nach unten. Es schien dem jüngsten Mitglied der Schattenbande völlig selbstverständlich, ein Fachgespräch mit der Inhaberin eines Varietés zu führen und mit Wörtern um sich zu werfen, von denen Klara noch nie gehört hatte.

»Sagt mir mal jemand, um was es hier geht?«

»Wenn man mit Toten in Verbindung treten will, braucht man eine Person, die den Kontakt herstellen kann. Das ist ein Medium«, erklärte Lina, ohne den Blick von Madame Fatale zu wenden.

»Sehr schön, meine Kleine«, lobte Madame Fatale und schrieb etwas in ihr Notizbuch. Jetzt sah sie wieder wie eine Lehrerin aus, allerdings wie eine nette Lehrerin, die nur gute Noten vergab.

Klara seufzte. Gut. Dann mussten sie eben mit den Toten sprechen. Warum auch nicht. Sie durften nur niemand davon erzählen, sonst landeten sie in der Irrenanstalt. Und Otto erfuhr davon besser auch nichts.

»Ein Medium …«, murmelte die Wahrsagerin. Im selben Moment fuhr der Kater fauchend unter dem Tisch hervor. Er machte einen Buckel und sah genauso aus wie das Zeichen des Varietés, die schwarze Katze.

»Ist etwas?«, fragte Madame Fatale, aber der Kater hörte nicht auf sie. Er schoss zur Tür und verschwand im Flur.

Die Wahrsagerin erhob sich. »Dann wollen wir mal«, sagte sie und ging in Richtung Tür. Lina folgte ihr, ohne sich auch nur nach Klara umzudrehen.

12. KAPITEL,

in dem Otto erst untertaucht und dann die Wand hochgeht

Otto und Paule rannten die Tiergartenstraße hinunter. Der ältere der beiden Polizisten hatte inzwischen aufgegeben, der jüngere war ihnen jedoch dicht auf den Fersen. Otto glaubte, seinen Atem im Nacken zu spüren. Am Kemperplatz hielt direkt neben ihnen ein Omnibus. Eine Frau mit blitzweißen Zähnen lachte ihn von einem Reklameschild an. *Zähne weiß wie Schnee, dank Zahncreme Tirokée!*, versprach ein geschwungener Schriftzug.

Das Fahrzeug verdeckte ihrem Verfolger für einen kurzen Moment die Sicht. Otto schob Paule hinter einen Holztisch, an dem ein Bäckerjunge frisch gebackenen Kuchen verkaufte. Der Duft von Zimtschnecken waberte zu ihnen herüber.

»Oaah … lecker …«, stöhnte Paule und streckte seine Hand aus.

Otto schlug ihm auf die Finger. »Bist du verrückt? Nicht jetzt!«, stieß er hervor. »Wir müssen uns trennen.«

Paule verdrehte die Augen.

»Du rechts, ich links«, erklärte Otto. »Wir treffen uns bei Muttchen.«

Paule nickte. Bevor er losrannte, grapschte er sich noch eine Zimtschnecke von der Auslage. »Das ist doch … haltet den Dieb!«, brüllte der Bäckerjunge, wodurch der Polizist wieder auf sie aufmerksam wurde.

Er setzte zuerst Paule nach, der quer über den Platz flitzte. Aber nachdem der Schupo fast unter die Räder einer Autodroschke geraten war, änderte er die Taktik und heftete sich an Ottos Fersen.

Das war die richtige Entscheidung, denn Otto war am Ende seiner Kräfte. Seine Schulter brannte wie verrückt. Noch rannten seine Beine weiter, als gehörten sie nicht zum Rest seines Körpers, aber es war nur noch eine Frage von Minuten, bis auch sie aufgaben und einfach stehen blieben.

Mit schleppenden Schritten erreichte er den Potsdamer Platz und sah das blaue Schild mit dem großen U. Der Eingang zur Untergrundbahn. Das war seine letzte Hoffnung!

Vor dem Eingang, der in die Tiefe führte, drängelten sich Passanten. Otto schubste eine Frau beiseite, schwang sich mit letzter Anstrengung aufs Treppengeländer und sauste nach unten.

Der Schwung katapultierte ihn direkt in die Warteschlange vor dem Kassenhäuschen. Der Billettverkäufer riss empört den Mund auf, aber bevor er Otto zurechtweisen konnte, hatte der sich an den Fahrgästen vorbeigedrängt. Er rannte über den Bahnsteig.

Den ganzen Tag hatte ihm das Pech an den Fersen geklebt. Jetzt lachte ihm das Glück in Form von zwei gelben Augen im Schatten des Tunnels. Soeben fuhr eine Untergrundbahn in den Bahnhof ein. Ein warmer, muffiger Hauch blies Otto ins Gesicht, als atmete der Lokwagen tief aus. Als sich direkt vor ihm eine Tür öffnete, sprang er erleichtert in den Wagen.

»Polizei!«, hörte er hinter sich den Schupo brüllen. »Machen Sie doch Platz!«

Trotz seiner Erschöpfung musste Otto grinsen. Das Geschrei des Polizisten bewirkte genau das Gegenteil, die Leute blieben mitten im Weg stehen und reckten neugierig die Köpfe, um zu sehen, was los war.

»Zurrrrrücktrrreten!«, rief der Schaffner. Er pfiff auf seiner Trillerpfeife und stieg ein.

Im letzten Augenblick sprang auch Otto hinein. Die Holztüren der Bahn schlossen sich mit einem leisen Ächzen. Als sich die U-Bahn mit einem Ruck in Bewegung setzte, sah Otto den Schupo mit hochrotem Kopf auf den Bahnsteig stürzen. Zu spät! Otto hob den linken Arm und winkte ihm zu.

Dann ging er nach vorne durch bis zu den Abteilen der dritten Klasse, direkt hinter dem Zugwagen. Er ließ sich auf einen Holzsitz fallen und schloss die Augen.

»Alles in Ordnung, Kleiner?«, fragte eine Frauenstimme.

Otto öffnete die Augen. Die Stimme gehörte einer rundlichen Frau mit roten Backen und einem Topfhut auf dem Kopf, die ihn besorgt betrachtete.

»Alles in bester Ordnung, gnädige Frau!«, stammelte Otto und hätte sich ohrfeigen können. Bloß nicht auffallen, das war im Moment das Allerwichtigste. Aber der Frau war er ganz offensichtlich aufgefallen.

Sie schüttelte skeptisch den Kopf. »Nein, nein, nein, das nehm ich dir nicht ab. Du bist ja ganz blass um die Nase. Hast du vielleicht Hunger?« Sie griff unter das Tuch, das ihren Korb bedeckte, und holte einen glänzenden, roten Apfel heraus. »Hier, für dich.«

Inzwischen war die halbe U-Bahn auf Otto aufmerksam geworden. Es war nur noch eine Frage von Minuten, bis ihn jemand erkannte.

Doch in diesem Moment fuhr der Zug, in einen Bahnhof ein. Otto sprang hektisch auf.

»Vielen Dank, sehr freundlich. Aber ich muss aussteigen!«

Erst auf dem Bahnsteig blickte Otto auf das Schild an der Wand. Bahnhof Bülowstraße. Er war ganz in der Nähe ihres Bandenverstecks in der Schreinerei. Zumindest kannte er sich in der Gegend gut aus. Wenn ihm nur nicht so schwindlig gewesen wäre.

Im Strom der Menschenmenge ließ er sich zum Nollendorfplatz treiben. Die Luft schien rein. Sollte er von hier aus die nächste Bahn nehmen?

Sein Magen knurrte. Nein, wenn er wieder zu Kräften kommen wollte, musste er erst mal irgendwas zum Essen auftreiben. Vor dem Schaufenster einer Fleischerei blieb Otto stehen. Würste ringelten sich in der Auslage, daneben lag eine Salami, dick und lang wie sein Unterarm.

Nun tippte ein spitzer Finger mit langen, grün lackierten Fingernägeln auf die Dauerwurst. Eine zweite Hand, rosig wie eine Schweineschwarte, griff danach. Ottos Augen folgten der Leckerei voller Begierde. Jetzt sah er die Frau, die die Wurst kaufte. Eine ganz erstaunliche Frau! Sie war vom Hut bis zu den Knöcheln grün gekleidet, selbst die Brille auf ihrer Nase hatte grüne Gläser.

Otto rang nach Atem. Das konnte kein Zufall sein. Das war die grüne Dame, von der Klara ihm erzählt hatte. Die Dame, die angeblich die Tür herbeigezaubert hatte. Wie hatte Klara sie genannt? Es war ein französischer Name gewesen.

»Yvonne«, murmelte er. Nein. Ysette? Das war es auch nicht. Die Ladentür der Fleischerei öffnete sich mit einem hellen Klingeln und im selben Moment fiel Otto der Name ein: »Yvette!«

»Oui?«

Er fuhr herum. Sie stand genau vor ihm. Die Wurst klemmte unter ihrem Arm. Ah, dieser Duft!

»Nichts«, sagte Otto hastig und wandte sich wieder ab.

Er ging ein paar Schritte, dann linste er über die Schulter. Die grüne Dame bog auf ihren hohen, goldenen Schuhen in eine Seitengasse. Otto folgte ihr. Er sah, wie sie einer Katze zuwinkte, die auf einer rot-weiß gestreiften Markise saß. Das Tier sprang vor ihr auf den Gehweg und beide verschwanden in einer schäbigen Holztür.

Otto nickte zufrieden, als er das Gebäude näher betrachtete. Über dem Vordereingang prangte ein Schild mit einem sich buckelnden Kater. Die »Schwarze Katze«. Hier also war sie.

Neugierig trat er vor ein Plakat, auf dem eine dunkelhäutige Schönheit in einem Bananenrock tanzte. Die Worte darunter konnte Otto leider nicht lesen. Vermutlich stand da auch, wann das Varieté wieder öffnete.

Er ging wieder um das Gebäude herum. Neben der Tür, in

der die grüne Dame verschwunden war, stand eine Mülltonne, darauf lag ein Päckchen. Otto erkannte sofort das Wachspapier, in das der Fleischer die Salami eingewickelt hatte. Er nahm das Päckchen und schlug die fettigen Enden zurück. Vier dicke Scheiben Dauerwurst. Die erste hatte er noch nicht ganz verschlungen, die zweite schon fast zwischen den Zähnen, als ihn das schlechte Gewissen packte. Sorgsam wickelte er die drei restlichen Scheiben wieder ein und steckte sie in die Tasche. Die anderen Schatten würden sich freuen!

Wenn sie nicht schon längst den beiden Russen in die Finger gefallen waren. Otto schauderte, als er an den kalten Glupschaugen-Blick dachte. Und wie der Mann das Streichholz zerbissen und verschluckt hatte! Ob sie den Kerlen vorhin zufällig in die Arme gelaufen waren? Oder hatten die beiden etwa gewusst, dass Otto und Paule zu Billy Barrakuda wollten? Und wenn ja, woher?

Irgendwo schlug eine Tür. Otto blickte sich nervös um. Ob ihn auch jetzt jemand beobachtete? Aber abgesehen von den Hausfrauen und Dienstmädchen, die ihre Besorgungen machten, war niemand zu sehen. Otto ging in die Hocke und spähte durchs Schlüsselloch des Seiteneingangs. Er fuhr erschrocken zurück, als er dahinter eine Bewegung ausmachte. Im Dunkel des Flurs stand jemand und starrte zu ihm heraus. Ein Auge glitzerte ihn an.

Vielleicht hatten Klara und Lina ja doch recht. Vielleicht ging es in der »Schwarzen Katze« wirklich nicht mit rechten Dingen zu!

Otto trat ein paar Schritte zurück, maß das Gebäude mit Blicken ab.

Unter dem Dachfirst sah er ein halb offenes Fenster.

Als Taschendieb war Otto nicht halb so gut wie Klara, und wenn es darum ging, ein Schloss zu knacken, dann war ihm Paule um Längen überlegen. Aber im Klettern machte ihm keiner etwas vor. Ein offenes Fenster war fast so etwas wie eine Einladung!

Das Fenster lag mindestens fünf Meter hoch, normalerweise würde er es mit Leichtigkeit erreichen. Doch der heftige Schmerz in seinem Arm trübte seine Zuversicht etwas.

Otto blinzelte skeptisch nach oben. Ob er die Kletterpartie auch mit einem Arm bewältigen konnte? Zum Glück war die Seitengasse schmal und dunkel, hier würde ihn keiner entdecken. Die meisten Leute blickten sowieso nicht nach oben, diese Erfahrung hatte Otto schon oft gemacht. Sie starrten immer nur auf ihre Füße.

Die Fassade des gegenüberliegenden Hauses war bis oben hin mit wildem Wein bewachsen, das war hervorragend. Ottos linke Hand griff in die Ranken, die Zweige waren fest und dick. Er zog sich nach oben, den rechten Arm benutzte er nur, um sich abzustützen.

Der Aufstieg verlief müheloser als gedacht. Die Weinreben berankten die Wand so dicht, dass er wie auf einer Leiter nach oben klettern konnte. Nach zwei Minuten war er auf der Höhe des offenen Fensters angelangt. Nun trennte ihn nur noch ein guter Meter vom Fensterbrett gegenüber. Mit zwei gesunden Armen wäre das Ganze kein Problem gewesen. Aber mit der verletzten Schulter …

Ich schaff das auch mit links, dachte Otto. Er drehte sich vorsichtig um, spannte sämtliche Muskeln an, stieß sich von der Hauswand ab und flog über den Abgrund. Den Bruchteil einer Sekunde später schlug er auf dem Fenstersims auf. Ein Schmerz durchzuckte seinen Arm von der Schulter bis zum Handgelenk. Seine linke Hand bekam den Fensterrahmen zu fassen, aber die rechte griff ins Leere. Er rutschte ab und hing nun an einem Arm am Fensterrahmen, die Füße baumelten ins Leere.

Ruhig bleiben, kommandierte er sich selbst. Keine Panik! Aber das war leichter gesagt als getan, wenn man an fünf Fingern über einer Schlucht baumelte. Seine Füße tasteten über die Hauswand und suchten Halt.

Hier wuchs kein Wein, die Fassade war glatt verputzt. Sein linker Arm begann jetzt auch zu brennen. Otto versuchte mit der Rechten zuzugreifen und heulte leise auf. Der Schmerz war unerträglich.

Wieder suchten seine Füße nach einer Vertiefung oder einem Vorsprung in der Wand. Und diesmal fanden sie etwas. Ein schmiedeeiserner Haken, der dicht unterhalb des Fensters angebracht war, wahrscheinlich um einen Lastenaufzug zu befestigen oder eine Laterne.

Er stemmte zuerst den einen Fußballen auf den Haken, dann den zweiten darüber. Langsam, unendlich langsam, drückte er die Beine durch und zog sich nach oben. Mit dem Kopf stieß er das Fenster weiter auf und schob sich hindurch. Keuchend landete er auf dem Boden. Das Zimmer drehte sich, einen Moment kämpfte er mit der Ohnmacht. Dann ließ der Schwindel nach, er atmete tief durch und setzte sich auf.

Zu seiner Erleichterung war das Zimmer leer. Einmal abgesehen von dem riesigen Kater, der sich auf einem Sessel neben dem Kamin räkelte und reckte und nun zu Boden sprang. Einen Moment strich er leise fauchend um Ottos Beine.

»Geh weg, verschwinde!«, zischte Otto.

Der Kater verzog sich maunzend durch die Tür, die einen Spaltbreit offen stand. Otto wollte ihm nach, er war schon an der Schwelle, als ihn eine Frauenstimme zusammenfahren ließ.

»Wo ist er?«, fragte die Stimme von der anderen Seite der Tür. »Etwa da drin?«

Hektisch blickte sich Otto um. Er brauchte ein Versteck, und zwar schnell, sonst würde man ihn entdecken. Er hastete zu dem hohen Ohrensessel, auf dem die Katze gelegen hatte, aber bevor er sich dahinter wegducken konnte, wurde die Tür aufgeschoben. Eine große, dünne Frau betrat den Raum.

»Das geht ja hier zu wie im Taubenschlag«, sagte sie missbilligend. »Wer bist du denn nun wieder, wenn ich fragen darf?«

Otto wollte antworten, brachte aber keinen Ton heraus.

»Das ist Otto«, sagte eine helle Stimme, die ihm sehr vertraut vorkam. »Unser Freund.«

»Ich krieg die Motten!«, fiel eine zweite, ebenso vertraute Stimme ein.

»Und du sollst also der Mörder der Großfürstin sein?«, sagte die dünne Frau. Neben ihr standen Lina und Klara.

»Was machst du denn hier?«, fragte Klara und starrte Otto an, als wäre er ein Kalb mit zwei Köpfen.

13. KAPITEL,

in dem es spukt

Séance. Dieses Wort hörte Otto zum ersten Mal in seinem Leben. Er war sich ziemlich sicher, dass Klara ebenfalls keine Ahnung hatte, aber natürlich gab sie das nicht zu, sondern tat so, als hätte sie so eine Séance schon hundertmal gemacht.

»Wir brauchen ein Medium«, erklärte sie Otto, während sie hinter der Frau und Lina die Wendeltreppe ins Erdgeschoss hinunterstiegen. »Und fünf Personen. Und noch ein paar Sachen.«

»Noch ein paar Sachen«, murmelte Otto. Er fragte lieber nicht, was in einem solchen Haus mit *noch ein paar Sachen* gemeint war.

Die Wände des Treppenhauses waren mit einem dunkelroten Stoff bespannt, der mit Spinnen, Käfern und Schaben bedruckt war. Aus dem Augenwinkel wirkte es, als ob sich sämtliche Insekten bewegten, es wimmelte und wuselte, aber wenn man ein bestimmtes Tier fixierte, stand es still.

»Das Medium nimmt die Verbindung zur Welt der Toten auf. Die Drosskova soll uns nämlich selbst sagen, wer sie ermordet hat.«

»Spinnst du?«

Otto blieb stehen und starrte Klara an.

»Das kann nicht dein Ernst sein! Geisterbeschwörung! So was geht doch gar nicht.«

Klara zuckte mit den Schultern. »Hast du eine bessere Idee?«

»Also, hör mal«, er senkte die Stimme, »diese Madame ist doch nicht ganz dicht.«

Madame Fatale konnte sie unmöglich gehört haben, Otto hatte ganz leise gesprochen. Dennoch drehte sie sich um und bedachte Otto mit einem tadelnden Blick. Auch Lina und der schwarze Kater, der plötzlich auf Linas Schulter saß, musterten ihn vorwurfsvoll. Jetzt erst fiel Otto auf, dass Lina die Hand in die der Wahrsagerin geschoben hatte. Das gefiel ihm ganz und gar nicht.

»Sie ist ganz versessen auf sie«, flüsterte Klara.

Otto fragte sich, wen sie mit *sie* meinte – Lina oder die Wahrsagerin? Wahrscheinlich beide.

»Wo ist überhaupt Paule?«

»Das erzähl ich dir später«, raunte Otto.

Jetzt war keine Zeit mehr zum Reden, weil sie aus dem Treppenhaus in ein rundes Zimmer traten. Spiegel bedeckten die Wände, dadurch wirkte der Raum unendlich weit, obwohl er in Wirklichkeit recht eng war.

Otto konnte man mit so etwas nicht beeindrucken. Ihn verwirrte eher, dass er sich überhaupt keinen Plan von dem Gebäude machen konnte, in dem sie sich befanden. Wenn es um Buchstaben ging, war ihm Lina klar überlegen, aber niemand konnte ein Haus so perfekt im Gehirn vermessen wie Otto. Meistens wusste er bei einem Einbruch schon vorher, wie viele Schritte sie in welchem Gang zurücklegen mussten, welcher Flur wann eine Biegung machte und wo der nächste Ausgang war.

Aber der innere Plan, den er sich von diesem Haus gemacht hatte, stimmte nicht. Sie waren so lange geradeaus gegangen, dass sie sich seinem Gefühl nach in der Mitte des Nollendorfplatzes befanden.

In dem kleinen Raum stand ein runder Tisch mit sieben Stühlen. Darüber hing ein Kronleuchter. Das war das gesamte Mobiliar. Otto fiel die Zahl der Sitzplätze sofort auf. Sieben. Wofür brauchte man sieben Stühle, wenn doch nur sechs Personen beteiligt sein sollten?

»Nehmt Platz«, sagte Madame Fatale. »Aber nicht dort.« Sie deutete auf den einen Stuhl, der neu aussah, während die anderen durchgesessene Polster hatten.

Dann klatschte sie in die Hände. Wie auf ein Kommando öffnete sich die Tür und der Muskelmann trat ein. Ihm folgten ein sehr dünner Mann mit einem kühn geschwungenen Schnurrbart und eine üppige Blondine in einem knappen Röckchen aus Tüll.

»Dauert das hier lange?«, fragte der Schnurrbart. »Ich muss dringend üben.«

»Das stimmt«, keifte die Blondine. »Ich frage mich allerdings, warum du jetzt erst damit anfängst! Die Nummer mit der zersägten Jungfrau klappt hinten und vorn nicht.« Sie ließ sich mit einem theatralischen Seufzer auf den Stuhl neben Otto fallen. »Gestern hätte Rudolfo mich um ein Haar wirklich auseinandergesägt«, teilte sie ihm im Flüsterton mit.

Madame Fatale klatschte erneut. »Schluss mit dem Gerede!«, befahl sie. »Sonst sitzen wir noch in ein paar Jahren hier. Ich für meinen Teil habe aber, weiß Gott, Wichtigeres zu tun, als meine Zeit zu verplempern.«

»Wir auch«, maulte die Blondine.

Ein strafender Blick von Madame Fatale brachte sie zum Verstummen. Den Muskelmann schaute sie hingegen freundlich an. »Mein Lieber, wir haben diesen jungen Mann, Otto, nicht wahr? Er wird deine Stelle als sechste Person einnehmen.«

Er schien nicht erfreut zu sein und zog die Brauen zusammen.

Klara legte die Hand auf Ottos Unterarm. Dachte sie etwa, dass er Angst hätte? Seine Gänsehaut kam nur von dem Luftzug, der durch den Raum wehte.

»Wer ist denn jetzt unser Medium?«, wollte Klara wissen.

Die Wahrsagerin machte ein Gesicht, als sei das die dümmste Frage, die sie jemals gehört hatte.

»Ich …«, piepste Lina.

»Wie bitte?«, fragten Klara und Otto gleichzeitig.

Madame Fatale hob die Hände, wahrscheinlich wollte sie erneut klatschen, aber Otto war schneller.

»Auf keinen Fall«, sagte er laut.

»Was ist denn nun wieder?« Madame Fatale zog ihre Augenbrauen so hoch, dass sie fast in ihrem Haaransatz verschwanden.

»Ich weiß nicht, was hier gespielt wird.« Otto ärgerte sich darüber, wie nervös und ängstlich seine Stimme klang. »Aber ich verbiete Ihnen, Lina da reinzuziehen. Sie ist doch viel zu …« *Klein*, wollte er sagen, aber das ging natürlich nicht. Lina wurde furchtbar wütend, wenn man sie als *klein* bezeichnete. Und er wollte sie nicht wütend machen, er wollte, dass sie auf ihn hörte und diesen ganzen Spuk freiwillig beendete. »Ich meine, sie kennt sich doch mit diesem … äh … Geisterkram gar nicht aus«, schloss er lahm.

»Gut.« Madame Fatale erhob sich. »Meinetwegen. Wie schon gesagt, ich habe Wichtigeres zu tun.«

»Halt. Warten Sie!« Das war Lina. »Ich will es aber versuchen.«

»Otto hat recht, Lina«, begann Klara, aber auch das beeindruckte Lina nicht, obwohl es nur alle Lichtjahre vorkam, dass Klara Otto recht gab. Lina warf Klara einen so wütenden Blick zu, dass diese verstummte.

»Was denn?«, fragte Madame Fatale.

»Wir fangen jetzt an«, sagte Lina leise.

Mit einem Schulterzucken nahm Madame Fatale Platz. Dann hob sie die Hand. Wie von Geisterhand gezogen, fuhr der Kronleuchter nach oben. Die Kerzen flackerten im Windzug, dann verlosch eine nach der anderen. Der Raum wurde nur noch von ein paar schwachen Wandleuchten erhellt.

Otto fiel erst jetzt auf, dass die Oberfläche des Tisches mit Buchstaben, Zahlen und Zeichen bedruckt war. Er sah das Alphabet, darunter die Ziffern von eins bis zehn, die Worte Ja und Nein und einige seltsame Symbole: eine Sonne, ein Mond und ein fünfzackiger Stern in einem Kreis. Auf dem Tisch lag außerdem ein Gerät mit einer Spule, auf die ein Papierband aufgerollt war, daneben ein Stapel Papier mit einem Bleistift.

»Die Großfürstin hat verschiedene Möglichkeiten, mit uns

Kontakt aufzunehmen. Am einfachsten und außerdem für das Medium …«, Madame Fatale zögerte, »… für das Medium am leichtesten ist das Telefon.«

Otto scharrte mit den Füßen. Er war sich ganz sicher, dass diese Madame ein anderes Wort auf der Zunge gehabt hatte – *am ungefährlichsten* vielleicht?

»Telefon?«, fragte Klara.

Madame Fatale deutete kommentarlos auf einen Telefonapparat, der an der Wand hing. Die Kabel hingen allerdings schlaff zu Boden, das Gerät war überhaupt nicht angeschlossen.

»Aber …«, begann Klara, doch Lina unterbrach sie.

»Schscht.«

Sie saß kerzengerade. Ihre Haare knisterten, entschieden sich jedoch, diesmal an ihrem Platz zu bleiben und sich nicht in die Höhe zu recken.

Die Wahrsagerin räusperte sich. »Sollte die Großfürstin Morsezeichen benutzen, muss Rudolf diese über –«

»Rudolf-*o*!«, schnaubte der Schnurrbärtige.

»Rudolf Milzpickel, so heißt er nämlich wirklich«, kicherte die Blondine erfreut, worauf Rudolfo sie unter dem Tisch auf den Fuß trat.

»Aua!«

»Ruhe jetzt!« Madame Fatales Stimme schallte laut durch den Raum. Die Spiegel an den Wänden klirrten und Linas Haare stellten sich kerzengerade auf.

Madame Fatale lächelte ihr zu. »Rudolfo jedenfalls kann das Morsealphabet. Wenn die Person den Kontakt über den Tisch aufnimmt, rückt dieses Zeichen über die Buchstaben, Zahlen und Worte.« Sie warf eine goldene Pfeilspitze auf die Tischplatte. »Es kann allerdings dauern, bis man sich alles zusammengereimt hat. Vielleicht spricht die Drosskova aber auch direkt aus Lina, alles ist möglich.«

So ein Quatsch, dachte Otto.

»Man muss nicht daran glauben, junger Mann, es funktioniert auch so.«

Otto zuckte zusammen. Hatte er die drei Worte aus Versehen laut gesagt?

»Wir legen die Hände auf den Tisch«, befahl Madame Fatale. Artig streckte Lina ihre kleinen Finger aus, Rudolfo und seine Assistentin taten es ihr gleich, und nach kurzem Zögern folgten auch Otto und Klara.

»Du kannst beginnen, meine Kleine. Schließ die Augen und denke an gar nichts. Wenn die Großfürstin es will, meldet sie sich. Sie weiß, dass du da bist.«

Lina schloss die Augen.

Otto hatte plötzlich den Eindruck, dass Lina ein Stück gewachsen war, aber das lag sicher nur daran, dass ihre Haare nun doch in die Luft ragten. Er starrte auf den leeren Stuhl. Würde die Großfürstin dort Platz nehmen?

Plötzlich hörte er ein Summen, das den Raum erfüllte, ein heller, kaum wahrnehmbarer Ton. Hatte der Geist den Raum bereits betreten? Was für ein Blödsinn, dachte Otto. Er schielte zu Klara hinüber. Sie kaute auf der Unterlippe.

Dann wurde es mit einem Mal heller. Das Leuchten ging von Lina aus. Sie strahlte von innen heraus wie ein ausgehöhlter Kürbis, in den man eine Kerze gestellt hatte.

»Bist du da, Geist?«, fragte sie mit einer fremden, tiefen Stimme.

Otto hielt den Atem an. Er hörte, wie Klara neben ihm die Luft einzog. Ob der Geist antworten würde? Eine gute Minute lang geschah gar nichts.

»Bist du hier bei uns?«, fragte Lina.

Statt einer Antwort hickste jemand laut. Rudolfo kämpfte gegen einen Schluckauf. Er hielt die Luft an.

Es funktioniert nicht, dachte Otto erleichtert, aber im selben Moment begann auf dem Tisch die Pfeilspitze zu wandern.

Sie bewegte sich von ganz allein.

Magnetismus, jemand bewegt unter dem Tisch einen Magneten und zieht den Pfeil hin und her, dachte Otto. Aber unter dem Tisch saß nur der Kater. Otto schauderte.

Der Pfeil ruckte über die Buchstaben und endete auf dem Wort Ja.

»Wer bist du?«, fragte Lina. Sie hielt die Augen geschlossen, aber die Antwort hatte sie ganz offensichtlich mitbekommen.

Nun kroch der Pfeil von Buchstabe zu Buchstabe. Otto schluckte trocken. Der Geist begann mit einem D, dann folgte ein R, dann ein O.

»Drosskova?«, schlug Lina vor.

Die Pfeilspitze rückte in die Ecke mit der Antwort: Ja.

»Großfürstin, ist Ihr Mörder hier im Raum?«

Jetzt herrschte absolute Stille. Aber es war nur die Ruhe vor dem Sturm, dann sauste die Pfeilsitze quer durch das Zimmer und schlug in den Rahmen des Spiegels, direkt hinter Otto.

Klara ruckelte mit dem Stuhl, sie wollte genau wie Otto aufspringen, aber es gelang ihnen nicht. Ihre Hände klebten am Tisch.

Wie von einem Wirbelsturm ergriffen, stob nun das Schreibpapier durch die Luft, der Bleistift zerbrach. Das Telefon schrillte, der Morseapparat hackte auf den Papierstreifen ein, bis dieser in winzige Konfettistückchen zerfetzt war.

»Niet«, schrie Lina plötzlich mit fremder Stimme. »Därr Mördärr nichts hierr.«

Otto fuhr der Schreck in die Knochen, als er Lina anschaute.

Das Leuchten, das von ihr ausging, war noch intensiver geworden. Die Kleine schwitzte, ihre Haare waren so nass, als sei sie in einen Regenschauer geraten. Man konnte sehen, wie die Augäpfel unter den geschlossenen Lidern hin und her wanderten. Sie stöhnte leise. Das Geräusch vermischte sich mit dem hellen Summen, das ebenfalls lauter geworden war.

Lina ging es nicht gut, sie hatte Schmerzen. Ihr Gesicht glühte, als hätte sie starkes Fieber. Und die Spiegelwände warfen ihr Bild hin und her, hinter der echten Lina sah Otto eine unendliche Reihe von schwitzenden, stöhnenden Spiegelbildern.

Er musste plötzlich daran denken, wie Lina und ihr Bruder im letzten Winter in Tante Elfis Waisenhaus aufgetaucht waren. Sie war damals acht, ein dünnes, kleines Mädchen, das von Tante Elfi ständig wegen seiner roten Haare gehänselt wurde. Und wenn Paule seine Schwester verteidigte, kassierte er dafür Prügel. Otto und Klara hatten auf der Stelle beschlossen, die Geschwister zu beschützen. Aber Tante Elfi saß am längeren Hebel. Als sie gemerkt hatte, dass Otto und Klara die Kowalskis mochten, piesackte sie die beiden nur noch schlimmer.

Daraufhin hatten die vier einen Fluchtplan entworfen und in einer kalten Winternacht verwirklicht. Heute wussten sie, dass das die beste Entscheidung ihres Lebens gewesen war. Denn nun waren sie keine hilflosen Opfer mehr, sondern Meisterdiebe. Wir sind die Schatten, schnell und schlau, keiner sieht sie je genau. Das war ihr Motto. Und einer hielt für den anderen den Kopf hin.

»Schluss mit dem Zinnober!«, rief Otto.

Aber Lina – oder wer auch immer von ihr Besitz ergriffen hatte – ließ sich nicht beirren. Unverständliche Worte sprudelten aus ihrem Mund. Mal klangen sie herrisch und böse, mal wie das Jammern eines kleinen Kindes. Otto war sich ganz sicher, dass Lina noch nie in ihrem Leben eine andere Sprache als Deutsch gesprochen hatte, jetzt aber wechselte sie ohne Mühe vom Französischen ins Russische, warf ein paar gebrochene Worte Deutsch dazwischen, lachte, schimpfte und endete wieder in hektischem Russisch.

»Großfürstin«, schaltete Madame Fatale sich endlich ein. »Wir verstehen Sie nicht!«

Lina verstummte. Ihre Augen waren starr und weit aufgerissen, als sehe sie etwas in einem der Spiegel.

»Lina!«, rief Klara. »Frag die Großfürstin nach den Tränen der Zarin. Hörst du, Lina? Sie soll dir erklären, was das ist.«

»Lina reagiert nicht auf ihren Namen. Solange ein Medium vom Geist einer anderen Person genutzt wird, verliert es seine eigene Persönlichkeit«, erklärte Madame Fatale.

»Du musst Zännearsst gähn.«

Linas Kinn sank auf ihre Brust. Mit einem schmatzenden Geräusch lösten sich die zwölf Hände vom Tisch.

Otto sprang sofort auf. Er war gerade noch rechtzeitig an Linas Seite. Sie kippte vom Stuhl und wäre zu Boden gefallen, wenn er sie nicht gepackt hätte.

Rudolfo und seine Assistentin, die die ganze Zeit schweigend auf ihren Stühlen gesessen hatten, atmeten tief durch. »Oi, oi, oi«, sagte Rudolfo, »das war nicht von schlechten Eltern.« Der Illusionist fächelte sich mit einer Hand Luft zu. »Aus der Kleinen wird mal was. So was habe ich schon lange nicht mehr erlebt.«

Klara öffnete den Mund, aber bevor sie zu Wort kam, sprang Otto auf. Ihm reichte es, ein für alle Mal. Er hatte die Nase voll von Geistern und Spuk, zersägten Jungfrauen und durchgedrehten Wahrsagerinnen.

»Klara, Lina, wir hauen ab«, knurrte er.

14. KAPITEL,

in dem Klara ordentlich ins Schwitzen gerät

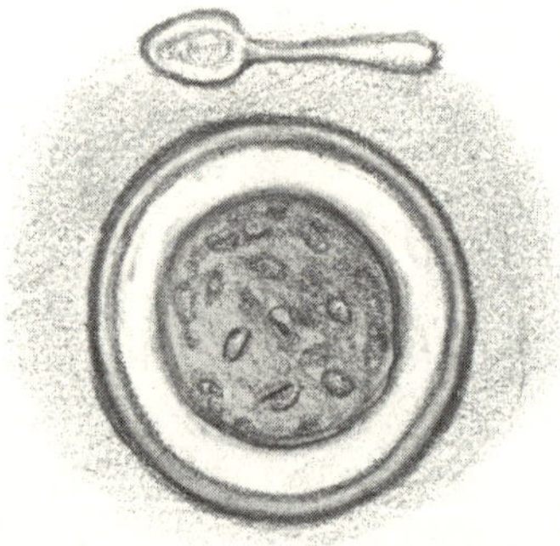

Paule war sauer. Auch die Scheibe Salami, mit der Otto ihn zu beschwichtigen versuchte, konnte ihn nicht beruhigen.

»Mich schickste heim zu Muttchen und dann macht ihr so watt Spannendes!«, maulte er. »Weeßte, wie ick det finde? Ick finde det einfach nur jemein.« Nun wandte er sich an seine Schwester, die mit blasser Nase auf Ottos Bett saß und ihr Stück Wurst nicht einmal anrührte. »Und du kannst dir an nüscht erinnern, Kleene?«

»Dich.«

»Mir?«

Lina verdrehte die Augen. »Es heißt *dich*, Paule, du kannst *dich* an nichts erinnern. Ich mich und du dich.«

»Du machst mir wirr in die Birne. Kannste jetzt oder nich?«

»Was weiß denn ich«, murmelte Lina müde.

»Lass sie in Ruhe«, mischte Klara sich ein. Den ganzen Weg zurück hatten sie das jüngste Bandenmitglied stützen müssen. Es war, als ob die tote Großfürstin alle Lebenskraft aus dem Mädchen gesaugt hätte. Klara sorgte sich ernsthaft um Paules Schwester. Aber auch um Otto. Seit sie aus der »Schwarzen Katze« zurückgekommen waren, lag er auf seiner Pritsche und starrte die Dachbalken an.

»Warum musstest du auch die Fassade hochklettern?«, fragte sie. »Mit deinem Arm! Wenn du abgestürzt wärst …«

»Dann hätte eure Madame Fatale mich bestimmt wieder gesund gezaubert.«

»Das kann sie nicht«, sagte Lina. »Sie ist doch keine Hexe.«

»Ach, ist sie das nicht? Ich dachte …«

»Nun hört auf, euch zu streiten«, meinte Klara. »Wir haben wirklich andere Probleme. Die Russen sind hinter Otto her und Trettoff auch. Es kann nicht mehr lange dauern, bis einer von ihnen uns hier aufstöbert.«

»Ich möchte bloß wissen, was die Drosskova gemeint hat«, flüsterte Lina.

»Du musst zum Zahnarzt gehen«, wiederholte Klara nachdenklich.

Sie fuhr sich mit der Zunge über die Zähne. Bisher hatte sie großes Glück gehabt, einen Zahnarzt hatte sie nicht einmal von Weitem gesehen. Das war der einzige Vorteil von Tante Elfis karger Waisenhauskost gewesen: Keine Süßigkeit, kein Krümelchen Zucker hatte ihre Zähne jemals berührt.

»Der einzije Zahnarzt, den ick kenne, is Bolle Oswald«, sagte Paule schaudernd.

»Den hat sie bestimmt nicht gemeint«, sagte Otto. Bolle

war im Hauptberuf Metzger, aber für ein paar Groschen oder eine Flasche Korn zog er nach Feierabend auch Zähne. »Die Drosskova war bestimmt bei einem russischen Zahnarzt. Wir müssen herausfinden, wie er heißt. Vielleicht …«

Weiter kam er nicht, weil Klara nun aufschrie.

»Was ist denn jetzt los?«

Sie schlug sich mit der flachen Hand gegen die Stirn. »Das Notizbuch!«

»Was?«, fragte Otto schwach. »Wovon redest du?«

»Von dem Notizbuch der Großfürstin«, sagte Klara. »Als ich nach dem Mord in der Pension Botts war, hab ich es auf dem Nachttisch gefunden. Und eingesteckt.«

»Und? Steht da was von einem Zahnarzt drin?«, fragte Otto.

»Man kann es nicht lesen.« Klara sprang auf und kramte in dem abgewetzten Pappkoffer, in dem die vier die Habseligkeiten aufbewahrten, die sie aus dem Bandenversteck mitgenommen hatten.

»Du meinst wohl, *du* kannst es nicht lesen«, sagte Lina spöttisch.

»*Du* auch nicht.« Jetzt zog Klara das Notizbuch aus einem durchlöcherten Socken. »Hier, bitte schön, überzeug dich selbst.«

»Das ist Kyrillisch«, stellte Lina enttäuscht fest, als sie das Notizbuch aufschlug. »Nee, das kann ich wirklich nicht entziffern.« Bevor Klara nachfragen konnte, was dieses seltsame Wort nun wieder bedeuten sollte, ließ sie ein Poltern an der Bodenluke zusammenfahren. Alarmiert sahen sich die Meisterdiebe an.

»Parole?«, fragte Klara mit einem Zittern in der Stimme.

Die Luke öffnete sich mit durchdringendem Quietschen.

»Nu lasst doch diesen Blödsinn mit der Parole«, sagte Muttchen Pieper, während sie ihren üppigen Körper und eine Schüssel mit heißem Wasser auf den Dachboden hievte. »Ich kann mir so 'n Quatsch nicht merken. Und wenn die Polente kommt, klopfen die bestimmt nicht erst an.« Sie wischte sich mit dem Ärmel den Schweiß von der Stirn. »So, Otto. Dann wollen wir mal.«

»Was wollen wir mal?«, fragte Otto nervös.

»Die Wunde muss gereinigt und frisch verbunden werden. Ziept ein bisschen. Ist aber nötig.«

»Kannst du Kyrillisch, Muttchen?«, fragte Lina.

»Was soll das denn sein?«

»Kannst du russische Buchstaben lesen?«

»Nee, Kindchen.« Muttchen schüttelte bedauernd den Kopf. »Aber wieso fragt ihr nicht einfach einen Russen?«

»Kennst du einen?«

»Na, das will ich meinen. Ich habe Dutzende Stammgäste aus dem alten Zarenreich. Nach meiner Soljanka sind nämlich alle Russen von ganz Berlin verrückt. Ich koch die nach einem Geheimrezept einer lieben alten Babuschka, die es mir auf dem Sterbebett verraten hat. Und weil ich nur die besten Zutaten nehme, schmeckt die Suppe bei mir besser als in Moskau, hab ich mir sagen lassen.«

»Soljanka.« Jetzt rappelte sich Otto hoch. »Das hab ich doch schon mal gehört …«

Muttchen drückte Ottos Oberkörper mit sanftem Druck zurück auf die Pritsche und begann sein Hemd aufzuknöpfen.

»Jetzt fällt's mir wieder ein. Das war das letzte Wort der Großfürstin. ›Soljanka‹ hat sie geflüstert.«

»Was?«, fragte Klara. »Warum redet sie von einer Suppe, nachdem ihr jemand ein Messer in die Brust gestoßen hat?«

»Vielleicht war es ihr Leibgericht«, überlegte Lina.

»Mein Leibgericht ist Leberwurst mit Sauerkraut«, sagte Paule. »Aber deshalb würd ick doch nich kurz vorm Abnippeln ›Leberwurst mit Sauerkraut‹ sagen.«

»So eine Soljanka ist wirklich was Köstliches.« Muttchen leckte sich genießerisch über die Lippen. »Schade, dass wir zurzeit darauf verzichten müssen. Na, egal.« Sie wandte sie sich dann an Otto. »Junger Mann, du musst jetzt ganz stark sein. Es geht los!«

»Wenn du so viele Russen kennst, dann kannst du uns doch einen Gefallen tun, Muttchen«, sagte Klara, während Otto die Zähne zusammenbiss und Muttchen Pieper seine Wunde auswusch. »Wir müssen wissen, ob hier ein Zahnarzt drinsteht.«

Klara nahm Lina das Buch wieder aus den Händen und reichte es der Wirtin, die sich soeben aufrichtete.

Sie musterte Klara misstrauisch. »Wenn es um etwas Verbotenes geht, dann will ich nichts damit zu tun haben.«

»Nein, es ist alles in Ordnung. Ich schwör's!«

»Also gut. Ihr fragt am besten Vladimir, der weiß alles und kennt jeden. Vladimir ist ein Poet. Er bezahlt manchmal sogar mit einem Gedicht. Der kommt jeden Donnerstag in die ›Grüne Minna‹.«

»Donnerstag. Dett is doch heute, wa?«

»Ganz genau. Er sitzt unten. Ich hab ihm eben seinen Hasenpfeffer vor die Nase gesetzt. Heute hat er sogar ein paar Groschen in der Tasche. Im Augenblick geht aber gar nichts. Die Polizei ist da, Trettoff, Budde, die ganze Mannschaft. Da könnt ihr unmöglich runter. Kommissar Budde ist heute auch so was von sauer.« Sie schüttelte seufzend den Kopf, während sie den Waschlappen zurück in die Schüssel warf.

»Sauer? Weil sie Otto immer noch nicht geschnappt haben?«, fragte Klara.

»Nee, weil's keine Soljanka gibt. Die isst er doch so gerne.«

Muttchen Pieper hatte die Dachluke kaum hinter sich geschlossen, als Klara auch schon aufsprang und zu der Truhe unter der Dachschräge rannte, in der die Wirtin ihre Winterkleidung aufbewahrte. Sie zog ein zeltartiges Wollkleid hervor, murmelte etwas Unverständliches, warf es hinter sich und wühlte weiter. Ein weißer Unterrock und ein paar Schürzen nahmen den gleichen Weg, bevor sie schließlich eine karierte Bluse fand, die sie kritisch beäugte. Mit der Bluse in der Hand verschwand sie hinter dem Schornstein.

Als sie nach ein paar Minuten wieder zum Vorschein kam, schnappten alle nach Luft.

Die Verkleidung war perfekt. Klara hatte die Ärmel von Muttchens riesiger Bluse hochgekrempelt und die Taille mit einem Gürtel zusammengerafft, sodass das Ganze nun wie ein Kleid aussah. Ihre Zöpfe, die sie sonst unter der Mütze versteckte, waren offen. Weich und lockig fielen ihre blonden Haare auf die Schultern.

»Grässlich, oder?«, fragte sie schaudernd.

»Du siehst ja richtig hübsch aus«, staunte Otto.

»Aber warum hast du dich als Mädchen verkleidet?«, fragte Paule.

»Wenn wir diesen Dichter heute verpassen, weiß der Teufel, wann wir ihn wieder in die Finger kriegen. Außerdem kann ich die Lauscher weit aufstellen, vielleicht fangen sie die eine oder andere Information von den Polizisten auf.«

»Und wenn Eltinger da unten sitzt?«, fragte Otto.

Klara grinste. Sie wusste ganz genau, dass Otto sauer war, weil er selbst nicht mit in die Schankstube gehen konnte. »Der kennt mich nur als Junge. Und falls er doch was merkt, sage ich einfach: Bitte, bitte verhaften Sie mich, Herr Wachtmeister, und bringen Sie mich schnell zu Tante Elfi, und den Rest der Bande finden Sie auf dem Dachboden.«

Paule grinste. »Ick jlaube, du kannst Madam nich abhalten von dem Plan, Otto.«

Da hatte er recht. Klara hievte schon die Treppenklappe nach oben. »Keine Bange! Bin gleich wieder da!«, versprach sie.

Muttchens »Grüne Minna« war wie immer um diese Zeit bis auf den letzten Platz gefüllt. Dicht an dicht drängten sich Tippfräulein, die nach der Büroarbeit im Polizeipräsidium noch eine Tasse Schokolade tranken, neben Droschkenfahrern, Straßenfegern und Handwerksburschen. Die Luft im Raum war von Rauchschwaden gefüllt.

Klara erkannte den russischen Dichter sofort. Er saß alleine an einem Tisch an der Wand und kritzelte etwas in ein Notizbuch. Sein Gesicht war schmal und blass, und er trug einen dicken Wollpullover unter dem Jackett, obwohl die Luft heiß und stickig war.

Muttchen Pieper belud gerade ein Tablett mit Gläsern. Als Klara vor sie trat, bedachte Muttchen sie mit einem verständnislosen Blick. »Was gibt's, junge Dame?«

»Ich bin's, Klara«, murmelte Klara verstohlen.

Muttchen ließ fast das Tablett fallen. »Du liebe Zeit«, zischte sie. »Na, du hast Mut. Schau mal, da drüben.«

Mit den Augen rollte sie hinüber zu der kleinen Empore, die von einer schmalen Balustrade eingefasst wurde. Drei Stufen führten hinauf. Ein einziger, langer Tisch stand dort, der besonderen Gästen und besonderen Anlässen vorbehalten war. Am Kopfende des Tisches thronte Kommissar Trettoff auf einer Bank, weil ein gewöhnlicher Stuhl unter seinem Gewicht zusammengebrochen wäre.

Ihm gegenüber saß ein jüngerer Kommissar in einem silbergrauen Anzug, den Klara schon einmal bei Ottos Verhaftung gesehen hatte. Das musste Ernst Budde sein, den sie im Präsidium Gurke nannten. Zu Klaras Erleichterung war Wachtmeister Eltinger nirgends zu sehen.

Die Wirtin trocknete sich die Finger an der Schürze ab. »Komm mal mit, ich stell dich dem Dichter vor.«

Während Klara der Wirtin durch den Schankraum folgte, hatte sie das Gefühl, dass sich Augen in ihren Rücken bohrten. Trettoff, dachte sie und schauderte. Er beobachtet mich, er hat mich sofort durchschaut. Aber das war Unsinn. Der Chef der Mordkommission konnte sie gar nicht erkennen, er hatte sie noch nie gesehen und konnte nicht wissen, dass sie zu Otto gehörte.

Sie warf einen verstohlenen Blick über die Schulter und atmete auf, als sie den Dicken ins Gespräch mit einem Wachtmeister vertieft sah. Doch dann drehte Trettoff den Kopf und schaute Klara direkt ins Gesicht. Die Gabel mit einem Haufen Apfelstrudel, die er sich gerade in den Mund schieben wollte, stoppte kurz vor seinen Lippen. Dann öffneten sich die beiden roten Wülste, die Gabel verschwand dazwischen und ein seliges Lächeln breitete sich auf seinem Gesicht aus.

Hastig wandte Klara den Blick ab.

»Vladimir, hier ist eine Freundin der russischen Seele, leider mit Zahnschmerzen«, sagte Muttchen, als sie den Tisch des Schriftstellers erreichten.

Der Mann reagierte nicht. Er kritzelte einfach weiter in sein Büchlein.

»Ich bring euch was zu trinken. Geht aufs Haus«, sagte Muttchen. Jetzt deutete der Russe auf den einzigen freien Stuhl am Tisch. »Nicht stören«, knurrte er und schrieb weiter.

Klara setzte sich. »Ich suche –«

»NICHT stören.«

Klara rutschte auf dem Stuhl hin und her. Nippte an dem Glas, das Muttchen vor sie hingestellt hatte, und blinzelte nervös auf die Uhr über dem Tresen. Nach sieben Minuten, die Klara Sekunde für Sekunde verfolgt hatte, schlug der Dichter das Büchlein zu, stürzte seinen Schnaps in einem Zug hinunter und schaute Klara an.

»Solltest keine Limonade trinken, wenn du Zahnschmerzen hast!«

»Ich brauche Ihre Hilfe.« Sie zog das Notizbuch aus der Tasche und legte es auf den Tisch. »Können Sie mir das übersetzen? Ich kann die Schrift nicht lesen.«

Der Dichter blätterte durch die Seiten. Seine Augen verdüsterten sich. »Alles?«

»Steht da etwas von einem Zahnarzt? Ich suche einen russischen Zahnarzt.«

Der Blick des Dichters wanderte über Klaras Schulter. Im selben Moment roch Klara etwas. Durch Bier, Rauch, die Zwiebelmettwurst und den Schweiß der Männer zog ein frischer Frühlingsduft. Ein Eau de Toilette oder ein Rasierwasser.

»Na, alter Zarenmörder!«, hörte Klara eine Stimme in ihrem Nacken.

»Herr Kriminalkommissar«, sagte Vladimir. »Sie auch hier?«

»Dem Verbrechen auf der Spur.« Budde lachte. »Ihre Tochter?«, fragte er mit Blick auf Klara, die unwillkürlich den Kopf einzog. Bevor sie selbst etwas entgegnen konnte, beantwortete Vladimir die Frage.

»Meine Nichte, gestern erst aus Moskau eingetroffen. Das Kind spricht kein Wort Deutsch, wir bitten um Verzeihung.«

»Ein hübsches Mädchen«, sagte Budde freundlich. Dabei legte er seine Hand sanft auf Klaras Kopf. Sie starrte auf den Tisch.

»Na, das ist ja ein Zufall. Freut mich, Sie hier zu treffen, Herr Kommissar«, ertönte jetzt eine andere Männerstimme, die Klara sehr vertraut war. Billy Barrakuda war soeben in den Schankraum getreten und kam mit ausgestreckten Armen auf ihren Tisch zugeeilt.

»Die Presse«, sagte Budde wenig begeistert. »Das hat mir gerade noch gefehlt.«

»Nicht doch, Herr Kommissar! Ich bin als Privatmann hier«, versicherte Billy. »Ein Bier nach Feierabend, das muss auch einem Reporter vergönnt sein.«

»Das glaube ich Ihnen nicht.« Budde runzelte die Stirn. »Aber ich muss Sie enttäuschen. Keine neuen Erkenntnisse zu den Diamantendiebstählen.«

»Und in der Drosskova-Sache?«

»Ich dachte, Sie sind als Privatmann hier?«

»Na ja, wo wir doch schon mal beim Thema sind …«

»Für die Drosskova bin ich nicht zuständig. Da fragen Sie am besten den Dick… Kommissar Trettoff. Aber natürlich beißen Sie bei dem auf Granit.«

»Gibt es denn irgendeine Spur von …«

»Tut mir leid«, fiel Budde dem Reporter ins Wort. »Ich muss jetzt wirklich.« Er machte eine vage Kopfbewegung zur Tür, die zu den Abtritten führte, und verschwand.

»Doswidanja«, murmelte Vladimir kaum hörbar.

Billy Barrakuda wollte sich ebenfalls abwenden, im letzten Moment aber fiel sein Blick auf Klara. Misstrauisch hielt er inne. »Das ist doch … Klara …!«, murmelte er. Dann hatte er sich wieder unter Kontrolle: »… klar!«, korrigierte er sich. »Das ist doch klar! Klar wie Kloßbrühe, haha. Einen schönen Abend noch und gute Einfälle, wünsche ich allerseits.« Billy lüftete seinen Hut, warf Klara einen verschwörerischen Blick zu und steuerte auf die Polizisten auf der Empore zu.

An der Theke klirrten ein paar Gläser. Fast gleichzeitig wischten sich Muttchen und Klara den Schweiß von der Stirn. Der Russe atmete tief ein und aus.

»Ich … äh …«, begann Klara betreten.

»Ich mag keine Nichten mit Doppelleben, die kreidebleich werden, wenn die Polizei hinter ihnen steht«, unterbrach sie Vladimir. »Zu viele Geheimnisse, zu viele Probleme.«

»Sagen Sie mir nur, ob in dem Buch ein Zahnarzt drinsteht. Dann lass ich Sie in Ruhe.«

»Doktor Antonov. Rosinenstraße Numero 34, zweites Hinterhaus, erster Stock.« Vladimir winkte Muttchen, die sich sofort in Bewegung setzte und auf sie zusteuerte. Im selben Augenblick klirrte und schepperte es am Eingang des Lokals, ein Schmerzensschrei erschallte. Eines der Tippfräulein war rückwärts auf sein Hinterteil geplumpst, nachdem die Tür des Lokals mit großer Wucht aufgestoßen worden war.

»Sie Tölpel!«, bellte sie den Wachtmeister an, der es so eilig gehabt hatte.

Eltinger. Nicht schon wieder!

Klara überprüfte aus dem Augenwinkel alle möglichen Fluchtwege. Sie kannte die Kneipe und wusste genau, dass es nur drei Möglichkeiten gab: raus in den Hof an den Abtritten vorbei, links hinter der Theke zur Küche oder quer durch den Gastraum zum Treppenhaus, aus dem sie vor ein paar Minuten gekommen war.

Aber Wachtmeister Eltinger schaute sich nicht weiter um, sondern stürzte sofort zur Empore.

»Alarm …!«, keuchte der Polizist.

»Nun beruhigen Sie sich mal, Eltinger«, sagte Heinrich Trettoff. »Was ist los?«

»Ü-Ü-Überfall …«, japste Eltinger. Er hielt sich die Seite und rang nach Luft.

»Wo, wer, was, warum?«, fragte der dicke Kommissar.

»Juwelen«, brachte der Wachtmeister gerade noch hervor und: »Die Ginelli, alles weg …«

Als Erster sprang Billy Barrakuda auf. »Schreib's an«, rief er der Wirtin zu, die alles andere als begeistert dreinschaute. Klara wusste, dass keiner im Kiez mehr Schulden bei Muttchen hatte als der Reporter.

Trettoff dagegen rührte sich nicht von der Stelle. »Ihre Baustelle, Budde!«, schnaubte er nur. Wenn niemand zu Tode gekommen war, kümmerte ihn das Ganze nicht.

»Dann wollen wir mal«, hörte Klara die Stimme von Ernst Budde, der gerade eben wieder an den Tisch zurückgekommen war.

Im Tohuwabohu der aufbrechenden Polizisten schlich sich Klara hinaus ins Treppenhaus. Niemand achtete auf sie. Dennoch wurde sie das Gefühl nicht los, dass ein Augenpaar jeden ihrer Schritte verfolgte.

ABENDAUSGABE

Berliner Lokal—Anzeiger

20. Juni 1926

von Billy Barrakuda

Filmstar am hellen Tag ausgeraubt!

Die Berliner Juwelen-Bande wird immer dreister. Am heutigen Mittag raubten vier Diebe den bekannten Filmstar Gina Ginelli auf offener Straße aus. Fräulein Ginelli war gerade von Verhandlungen mit dem Filmproduzenten Louis B. Mayer aus Hollywood zurückgekehrt, wo sie im nächsten Jahr einen Film mit dem berühmten Rudolph Valentino drehen soll. Wie allgemein bekannt ist, trennt die Schauspielerin sich niemals von ihren Juwelen, auch während der Atlantik-Überquerung trug sie die Schmuckstücke in einem gesicherten Koffer stets bei sich.

Der Überfall erfolgte, als Fräulein Ginelli gegen Mittag mit ihrem Begleiter, dem Direktor der Hiller-Revuetheater, am Hotel Adlon ankam. Der Star war gerade dem extra für sie angefertigten karminroten Maybach entstiegen, da explodierten nur wenige Meter entfernt einige Sprengsätze. In der allgemeinen Aufregung konnten sich vier Gestalten der Diva nähern. Der Anführer zückte einen Revolver und

ABENDAUSGABE

Berliner Lokal—Anzeiger

20. Juni 1926

erzwang die Herausgabe des Koffers. Die Ginelli, deren Vater als Preisboxer auf dem Jahrmarkt gearbeitet haben soll, schlug zwar einem der dreisten Räuber mit einem gestreckten linken Haken ein blaues Auge, den Raub und die Flucht der vier Täter konnte sie jedoch nicht verhindern.

Wachtmeister Eltinger, der als Erster am Tatort auftauchte, geht davon aus, dass auch dieser Raub von der berüchtigten Juwelenbande ausgeübt wurde, die seit Wochen die Stadt unsicher macht. Eltinger ist sich sicher, dass mindestens einer der Räuber ein junger Bursche war, den er vor Kurzem noch bei einem Handtaschenraub auf frischer Tat geschnappt hatte. Auf Nachfrage gestand er ein, dass er ihn nur fast geschnappt hatte.

Der Leiter des Raubdezernats, Ernst Budde, war zu keiner Stellungnahme bereit. Er müsse die Angelegenheit erst einmal genau untersuchen, sagte er dem Reporter dieser Zeitung, aber gerade der erneute Einsatz von Sprengstoff – wie bei der Befreiung des Hauptverdächtigen Otto Karwuttke vor wenigen Tagen – könnte die Ermittlungsbeamten auf eine wichtige Spur führen.

Die Belohnung für die Ergreifung der Täter und besonders für Hinweise, die zur Verhaftung von Otto Karwuttke führen, wurde auf 5000 Reichsmark erhöht.

15. KAPITEL,

in dem die Schatten jemandem auf den Zahn fühlen

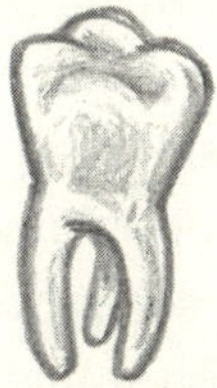

»Jetzt ham se dir eene Null dranjehängt«, sagte Paule, als die Berichte über den neuen Raubüberfall auch in das Versteck der Schattenbande auf dem Dachboden gedrungen waren. Der Stolz in Paules Stimme war unüberhörbar. Als echter Meisterdieb musste man berühmt und berüchtigt sein, davon war er überzeugt.

Otto war ganz anderer Meinung. Geklaut wurde nur zum Überleben.

»Ick möchte aber jut überleben, richtich jut!«, war Paules Antwort darauf.

Klara hatte darauf bestanden, dass sie erst einmal von der Bildfläche verschwanden und sich nicht rührten, bis Otto wieder auf dem Damm war. Der Überfall auf die Ginelli hatte es sogar bis in die »Wochenschau« geschafft, die vor jedem Kinofilm im ganzen Land gezeigt wurde. Otto war nun mindestens so bekannt wie die Schauspielerin. Beliebter war er auf jeden Fall, denn so richtig gut konnte die Ginelli niemand leiden.

Der Streifschuss an Ottos Arm heilte glücklicherweise schnell, sodass die Schatten nach ein paar Tagen wieder in Aktion treten konnten. Es wurde auch höchste Zeit. Auf dem engen und heißen Dachboden gingen sie sich ziemlich auf die Nerven.

»Wir dürfen kein Risiko mehr eingehen«, sagte Otto. »Sie suchen nicht nur nach mir, sondern nach vier Räubern, von denen einer genau wie Klara aussieht. Man könnte fast meinen, hier laufen Doppelgänger rum.«

Klara nickte. »Aber was sollen wir machen? Ob wir allein gehen, zu zweit oder zu viert – alles ist riskant.«

»Mich sucht niemand«, schaltete sich Lina ein.

Sie war seit der Seánce bei Madame Fatale noch ein wenig stiller geworden, jedenfalls tagsüber. Nachts dagegen redete sie im Schlaf und wandelte mit ausgestreckten Armen über den Dachboden.

»Ich kann doch zu diesem Zahnarzt gehen«, sagte sie.

»Auf keinen Fall«, riefen Otto und Klara wie aus einem Mund.

»Det meen ick wohl auch! Ick übernehme dit.«

Jetzt musste Otto vorsichtig sein. Paule war schnell eingeschnappt, wenn man ihm das Gefühl gab, dass man ihm etwas nicht zutraute.

»Bei der Sache sollten wir auf Nummer sicher gehen«, sagte er.

Paule schnaubte schon.

»Wenn wir unseren besten Mann am Panzerschrank verlieren, stehen wir doof da.«

Paule grinste. Das hörte er gerne.

»Wer weißt, was noch auf uns zukommt. Vielleicht musst du uns irgendwo raushauen oder reinbringen, keine Ahnung. Du hältst hier die Stellung und passt auf, dass Lina nicht im Schlaf die Treppe runterfällt.«

Die Zahnarztpraxis von Dr. Antonov lag im ersten Stock eines Hauses, das erst vor wenigen Jahren gebaut worden war. Ein schlichtes, unauffälliges Gebäude ohne Schnörkel oder verzierte Balkone wie die Häuser rund um den Nollendorfplatz.

Sie hatten vereinbart, dass Klara die Patientin spielen und auch das Reden übernehmen sollte. Vor der Tür zog Otto die Mütze noch einmal tiefer ins Gesicht. Sie wurden von einer großen, kräftigen Frau in Empfang genommen, deren Brauen über ihren Augen zu einem dicken Balken zusammengewachsen waren.

»Eine Mark«, forderte sie anstelle einer Begrüßung und hielt Otto fordernd ihre Hand hin.

»Meine Schwester hat die Zahnschmerzen.« Erleichtert deutete Otto auf Klara.

»Eine Mark. Bei uns wird vorher bezahlt. Wenn die Löcher gefüllt und die Zahnschmerzen erst einmal weg sind, dann verschwinden die Patienten nämlich ganz schnell. Und wir gucken in den Mond.«

Otto stupste Klara an und knurrte etwas. Zähneknirschend rückte Klara die letzten Groschen raus, die aus Eltingers Portemonnaie noch übrig waren. Die Frau zählte mit.

»Das sind nur 90 Pfennig.«

»Wir haben nicht mehr«, sagte Otto, ohne aufzuschauen. »Und meiner Schwester geht es wirklich schlecht.«

Widerwillig ging die Frau darauf ein.

»Aber nimm gefälligst den Hut ab, wenn du mit mir redest«, blaffte die Frau. »Ein bisschen Manieren kann man ja wohl verlangen.«

Bevor Otto etwas dagegen unternehmen konnte, hatte sie ihm die Mütze vom Kopf gezogen. Sie schaute ihn für ein paar Wimpernschläge an. Zu lang, fand Otto, aber dann sagte sie mit einem Lächeln, das blendend weiße Zähne zum Vorschein brachte: »Schon besser.«

Der schwarze Stuhl mit der Kopfstütze, der im Behandlungszimmer auf sie wartete, hatte den Angstschweiß von Hunderten von Patienten aufgesogen. Klara blieb wie angewurzelt mitten im Raum stehen.

»Worauf wartest du?«, fragte Otto. »Nimm Platz und mach es dir bequem, du bist die arme Schwester mit den Zahnschmerzen. Oder hast du Angst?« Das war gemein. Otto wusste, dass Klara sich eines ganz bestimmt nicht nachsagen ließ: Angst vor irgendwem oder irgendwas.

Klara kletterte auf den Stuhl und begann zu schwitzen wie viele vor ihr, während Otto die Geräte in dem Raum begutachtete. Am Fußende des Stuhles stand eine Bohrmaschine. Der stählerne Bohrkopf war über ein großes Transmissionsrad mit einem Holzpedal verbunden. Das hätte Paule gefallen, dachte er. Wenn man auf das Pedal trat, setzte sich der Bohrer in Bewegung und fräste sich durch die Zähne. Und das tat unsagbar, grauenvoll, höllisch weh.

Sie fuhren beide zusammen, als die Tür aufging. Ein kleiner, dürrer Mann im weißen Kittel betrat den Raum. Otto quetschte das Kinn fast auf die Brust und schaute zur Seite.

»Dobry dien«, sagte das Männlein. Es folgte eine kurze Ansprache auf Russisch, von der weder Otto noch Klara ein Wort verstanden.

»Äh ... sprechen Sie auch Deutsch?«, fragte Klara.

»Deutsch?«, fragte Antonov irritiert.

»Ich kann kein Russisch.«

»Oh. Dann wirrr machen Deutsch.« Er schob Otto beiseite. »Geh da Ecke, störrt hier.« Er ließ sich neben Klara auf einem Hocker nieder, griff mit der Linken nach einem kleinen Spiegel und mit der Rechten nach einem Haken.

»Mund auf!«

»Aber ich wollte eigentlich …«

»Mund auf.« Sein Ton duldete keinen Widerspruch.

Klara öffnete den Mund und schloss schicksalsergeben die Augen. Antonovs Haken kratzte über ihre obere Zahnreihe, dann über die untere. Hier und dort verharrte er und bohrte sich prüfend in einen Zahn. Aber schließlich zog der Zahnarzt das Gerät wieder aus ihrem Mund.

»Is nichts Loch«, sagte Antonov enttäuscht.

»Natürlich nicht.« Klara richtete sich erleichtert auf. »Ich wollte ja auch nur mit Ihnen reden.«

»Rreden? Was wüll rreden?«

»Ich … äh …«, stotterte Klara.

Hoffentlich hatte sie ihren Plan noch im Kopf, dachte Otto. Sie sollte zuerst ganz harmlos beginnen, um Antonov nicht misstrauisch zu machen.

Der Zahnarzt legte Spiegel und Haken zur Seite und linste stattdessen auf eine Taschenuhr, die er aus seinem Kittel zog. »Näkkster Patient wartet schon.«

»Graf Danilo«, drückte Klara endlich hervor.

Otto atmete erleichtert aus.

»Graf Danilo?« Antonovs Miene war undurchdringlich. Aber zumindest stopfte er nun die Taschenuhr zurück in den Kittel.

»Danilo hat uns zu Ihnen geschickt. Es geht um die Großfürstin Drosskova.«

Der Zahnarzt zuckte mit den Schultern, als hätte er diesen Namen noch nie gehört.

Otto überlegte blitzschnell. Ob sie Antonov die Wahrheit erzählen sollten? Dass er, Otto, zu Unrecht des Mordes verdächtigt wurde und sie Antonovs Unterstützung brauchten, um ihn zu entlasten? Nein, dachte er, damit würden sie vermutlich gar nichts erreichen. Der Zahnarzt wirkte nicht gerade wie ein Menschenfreund. Sie mussten versuchen, ihm Angst einzujagen, vielleicht rückte er dann mit seinem Wissen heraus.

Klara schien das Gleiche zu denken.

»Wir wissen ja alle, wer sie umgebracht hat«, fuhr sie in verschwörerischem Ton fort, riss dabei die Augen auf, verdrehte sie, schielte und versuchte gleichzeitig mit jedem in eine andere Richtung zu schauen. So gut wie Glupschauge bekam sie das natürlich nicht hin, aber Antonov verstand die Botschaft trotzdem. Seine Augen begannen zu flackern. Er wurde nervös.

Gut so, dachte Otto.

»Ich nenne keine Namen«, flüsterte Klara geheimnisvoll. Wenn es darauf ankam, war sie eine hervorragende Schauspielerin. »Ich sage nur so viel: Wenn Sie nicht endlich mit der Wahrheit rausrücken, dann können wir für nichts mehr garantieren.«

Antonovs Augen wurden plötzlich ganz schmal.

»Wos wüllst du?«, wisperte er. Und dann, immer lauter werdend: »Du denkst, Antonov ist Trottel, hat Angst, kann man errprässen. Schnabulskscherwenkmakotsch! Kamatschk!«

In Ottos Körper spannte sich jeder Muskel, er war bereit zum Sprung, falls Antonov Klara angriff. Der rührte sich jedoch nicht von der Stelle, zitterte dafür umso stärker am ganzen Körper.

»Wir wollen Sie nicht erpressen«, sagte Klara mit einem sanften Augenaufschlag. »Wir wollen nur die Wahrheit wissen.«

»Verschwinde!«, schnaubte der Zahnarzt. »Rrraus!«

Er griff wieder nach dem Haken, aber diesmal versenkte er ihn nicht in Klaras Mund, sondern fuchtelte damit in der Luft herum, als wäre es ein Messer. Mit einem Satz war Otto neben ihm, ein schneller Schlag auf das Handgelenk und die Waffe klirrte auf den Boden.

Die Nummer hier war gründlich schiefgegangen. Erschrocken rutschte Klara vom Stuhl. Antonov hatte wirklich Angst, daran gab es überhaupt keinen Zweifel. Aber er würde ihnen kein Sterbenswörtchen verraten, das war leider ebenso klar.

»Abmarsch«, stieß Otto zwischen seinen Zähnen hervor. Aber ehe sie den Raum verlassen konnten, erschien plötzlich die Frau mit den zusammengewachsenen Augenbrauen in der Tür und schob sich zwischen Otto und den zitternden Arzt.

In der Hand hielt sie eine Ausgabe des *Berliner Lokal-Anzeigers*, die Nummer mit der Phantomzeichnung von Otto. Sie hielt sie ihrem Chef unter die Nase.

»Der Bengel kam mir doch gleich bekannt vor«, schnaubte sie aufgebracht. »Das sind mir vielleicht zwei Früchtchen. Ich rufe jetzt die Polizei!«

Antonov schüttelte den Kopf und hob abwehrend die Arme. »Nix Polizei, bloß kein Polizei, Frollain Krug.«

»5000 Mark Belohnung«, raunte Fräulein Krug und deutete mit dem Zeigefinger auf die Zahlen am unteren Blattrand.

»Nix Polizei!«

Antonov verzichtete einfach so auf 5000 Mark Belohnung? Das war ja ein Ding. Dafür konnte es nur einen Grund geben, dachte Otto. Er hatte nicht nur Muffensausen. Sondern Todesangst.

Was hatte dieser Graf Danilo zu Klara und Paule gesagt? *Findet die Tränen der Zarin. Dann habt ihr auch den Mörder.* Otto entschloss sich, direkt zum Punkt zu kommen. Er zwinkerte Klara zu.

»Wenn Sie die Tränen der Zarin nicht endlich rausrücken, Antonov, dann enden Sie wie die Großfürstin.«

Der Zahnarzt riss die Augen auf. Er starrte Otto an.

»Die Trränän?«, stammelte er. »Ich nix Trrränän. Diamanten alle weg, värschwundän!« Er ließ seine Arme wie Flügel nach oben flattern. »Vielleicht in Grab mit die Drrosskova.«

Diamanten. Darum ging es also.

Klara hakte sofort nach: »Im Grab? Sie meinen, dass man die Drosskova mit den Diamanten begraben hat? Das kann ich mir nun wirklich nicht vorstellen. So blöd ist nicht mal die Polente, dass sie solche Klunker übersieht.«

Der Zahnarzt zögerte kurz, dann winkte er Fräulein Krug heran. Sie flüsterten. »… auf keinen Fall …«, hörte Otto die Frau wispern, »… Sie sind ja wohl von Sinnen!« Aber dann setzte sich Antonov durch.

Er kam immer näher, bis er so dicht vor Otto stand, dass der den Knoblauch im Atem des Zahnarztes riechen konnte.

»Muss schauen in Zänne.«

»Meine Zähne sind vollkommen in Ordnung.«

Antonov schlug beide Hände vor die Stirn. »Nikts deine. Zänne von Drosskova.« Dann sackte er in sich zusammen.

Fräulein Krug stieß einen Schreckensschrei aus, rannte in den Flur und kam mit einem braunen Fläschchen zurück, das sie öffnete und ihrem Chef unter die Nase hielt.

»Er hat doch ein schlechtes Herz«, sagte sie, seufzte und verbesserte sich: »Ein schwaches, natürlich, ein schwaches Herz. Eigentlich hat er ein viel zu gutes.« Auf einmal klang ihre Stimme nicht mehr hart und barsch, sondern sehr liebevoll.

»Värrstäckt«, flüsterte Antonov. »Hab ich gemacht.«

Ottos und Klaras Augen wanderten zu der Bohrmaschine.

»Sie haben die Diamanten in den Zähnen der Großfürstin versteckt?«, fragte Otto

»Nicht in richtige Zähne. In Gebiss.«

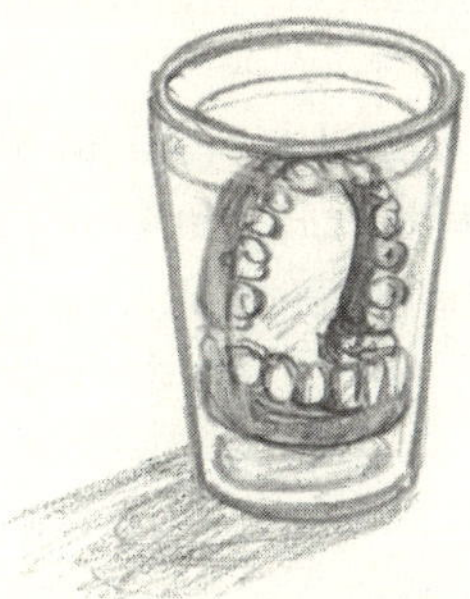

Nun kippte er wieder nach hinten. Fräulein Krug sprang herbei, aber Otto hatte den Zahnarzt schon aufgefangen. Der Mann wog fast nichts.

»Er muss sich hinlegen«, jammerte die Helferin.

Sie nahm Antonov in ihre kräftigen Arme, trug ihn ins Nebenzimmer, als wäre er ein Bündel Stroh, und bettete ihn sanft auf ein zerschlissenes Sofa.

»Aljoscha …«, sie warf einen zärtlichen Blick in Richtung Sofa und setzte sich in einen Sessel daneben. Otto und Klara bot sie keinen Platz an. »Alexej Gregorewitsch ist ein viel zu guter Mensch. Ich habe ihn immer davor gewarnt, bei dieser Sache mitzumachen. Hört er auf mich?«, fragte sie und klang jetzt nicht mehr liebevoll, sondern streng. »Nein! Er hatte sogar die Idee mit dem Gebiss!«

Im Gebiss. Jetzt kapierte Otto es. Die Diamanten, die der Mörder gesucht hatte, steckten im Gebiss der Großfürstin. Und vielleicht war die Drosskova wirklich mit ihrem Gebiss und den Klunkern begraben worden. Auf die Idee, die künstlichen Zähne auf Edelsteine abzusuchen, kam so schnell nun wirklich keiner.

»Die Großfürstin hat ihn bedrängt. Sie hatte solche Angst, dass die Juwelen verloren gehen könnten, und wo hätten sie sicherer sein können …«

»… als in ihrem Mund«, vollendete Klara den Satz.

»Passten pärfäkkt«, murrte Antonov. »War saubärre Arrbeit!«

»Schsch!«, wies ihn Fräulein Krug zurecht. »Die Drosskova, das sage ich euch, war eine gute Seele. Und sie war reich, aber von ihrem Reichtum hat sie nichts für sich behalten. Alles ging für die Flucht der armen Menschen aus Russland drauf. Dichter und Künstler hat sie gerettet, auch Graf Danilo hat sie geholfen. In Moskau wären sie alle in den Kerkern der Geheimpolizei oder in Sibirien verschwunden. Mit einer Träne … ähem … einem der Diamanten konnte sie zehn, ach, was sage ich, manchmal fünfzig Leute hierher holen und durchfüttern. Aljoscha hat die Steine Stück für Stück aus dem Gebiss gelöst und über Mittelsmänner verkauft. Verrückt, was? Zuerst bastelt er die ganzen Juwelen hinein und dann bricht er sie wieder raus.«

»Sag Danilo, ich nichts weiß, wo sind Trränän.«

Antonov schien wieder Luft zu bekommen. Er winkte Otto heran. »Wann Ivanov und Vronski hören mein Namä, kommen här, machen Geschrei, schnesnerschkaschnitz brosje.« Der Zahnarzt wischte sich den Schweiß von der Stirn. »Dann ich toter Mann.« Zur Verdeutlichung seiner Worte umklammerte er seine dünne Kehle, ließ den Kopf zur Seite fallen und streckte die Zunge heraus.

Ivanov und Vronski. Das mussten Glupschauge und Bohnenstange sein. Die beiden Russen hatten die Drosskova ermordet, um an die Diamanten zu kommen. Obwohl sie alles durchwühlt hatten, hatten sie die Steine nicht gefunden, da sie im Gebiss der Großfürstin versteckt waren. Und jetzt waren sie hinter der Schattenbande her, weil sie glaubten, dass Otto die Diamanten vor seiner Verhaftung durch die Polizei gefunden und beiseitegeschafft hatte.

»Wollen die auch ihren verfolgten Landsleuten helfen?«, fragte Klara.

Antonov schüttelte den Kopf.

»Die beiden sind harmlos«, erklärte Fräulein Krug. »Vollkommen harmlos. Der wahre Verbrecher …«

Antonovs Oberkörper schoss in die Höhe, er hob warnend die Hand. »Kerbenskowitsch sumko … Seien Sie doch still!«

Aber Fräulein Krug war nicht mehr zu bremsen. Sie beachtete ihn gar nicht.

»Der wahre Verbrecher heißt Josef Stalin«, flüsterte sie. »Er will die Juwelen unbedingt für seine Nadeschda haben zum Hochzeitstag. Wenn Stalin erfährt, dass wir die Brosche schon komplett auseinandergenommen haben, gnade uns Gott. Ivanov und Vronski schneidet er die Köpfe ab, und mit uns …«

Nun verstummte sie. Otto fragte auch nicht nach. Er schluckte leise. Den Rest wollte er sich lieber nicht vorstellen.

16. KAPITEL,

in dem den Schatten ein Licht aufgeht

»Josef Stalin«, sagte Klara. »Den Namen kenn ich irgendwie, aber ich komm nicht drauf, woher.«

Klara und Otto waren seit einer halben Stunde zurück auf dem Dachboden und hatten den anderen von Antonovs Enthüllungen berichtet.

»Weißt du, wer das ist, Lina?«

»Josef Stalin ist der Generalsekretär des Zentralkomitees der Kommunistischen Partei der Sowjetunion«, schnurrte Lina die Antwort herunter.

»Watt?«, fragte Paule. »Ein Sekretär is der? So 'ne Art männliches Tippfräulein? Dit kann ich nich jlauben, det so einer sich einen Mord ausdenkt.«

»Quatsch«, meinte Lina. »Stalin ist bestimmt kein Tippfräulein. Er ist der russische Diktator.«

»Ein Diktator?«, fragte Klara. »So wie der Zar?«

»Ganz genau. Aber wenn du ihn mit dem Zaren vergleichst, dann macht er dich sofort einen Kopf kürzer. Die Kommunisten haben doch die Revolution gemacht, um den Zaren loszuwerden.«

»Die Kommu-wer?«

»Die Kom-mu-nis-ten, Paule. Das ist die Partei von diesem Stalin. Die wollen, dass allen alles gehört und keiner mehr hat als die anderen.«

»Klingt jut, bin ick ooch für.«

»Aber viel gebracht hat es ihnen nicht«, sagte Otto. »Wenn sie jetzt diesen Stalin zum Chef haben.«

»Stimmt. Jetzt reißen sich nämlich die neuen Machthaber alles unter den Nagel.«

Paule starrte seine Schwester mit herunterhängender Kinnlade an. Auch Klara konnte die Bewunderung für Lina kaum verbergen.

»Antonov glaubt, dass Ivanov und Vronski von Stalin nach Deutschland geschickt worden sind«, sagte Klara.

»Ist doch logisch: Die Großfürstin war mit der Zarin befreundet und hat die Diamanten an sich gebracht, bevor sie geflohen ist. Aber Stalin ist der Meinung, dass die Tränen ihm gehören. Also hat er Glupschauge und Bohnenstange nach Berlin geschickt, damit sie sie wieder zurückbringen«, ergänzte Otto.

»Die Drosskova wusste, dass Stalins Männer ihr auf den Fersen waren. Deshalb hat sie Antonov beauftragt, die Diamanten zu verstecken«, sagte Klara.

»In ihren Beißern.« Paule nickte anerkennend. »Klasse Idee, könnte von mir stammen.«

»Aber wo sind die Tränen jetzt?«, fragte Otto.

»Du hast die Drosskova doch gefunden«, sagte Lina zu Otto. »Hatte sie ihr Gebiss im Mund, als sie gestorben ist?«

»Keine Ahnung«, meinte Otto. »So genau hab ich da nicht hingeguckt. Sie lag da und röchelte.« Er schüttelte sich. »Sie hat ziemlich genuschelt, daran kann ich mich noch erinnern.«

Klara versuchte sich an das Zimmer der Großfürstin zu erinnern. Hatte sie irgendwo ein Gebiss gesehen, als sie sich nach Ottos Verhaftung nach oben geschlichen hatte? »Vielleicht ist es ja noch da«, meinte sie nachdenklich.

»Dit wär ja 'n Ding«, erklärte Paule. »Wisst ihr watt? Ick jeh einfach mal nachkieken!«

Er sprang auf, riss die Luke zum Treppenhaus hoch und prallte fast mit Billy Barrakuda zusammen, der soeben seinen Kopf auf den Dachboden streckte.

»Hoppla.« Der Reporter grinste. »Wohin so eilig?«

»Och, wollt bloß mal kieken, wie det Wetter draußen ist.«

»Und ich wollte mal sehen, ob das hübsche russische Kind hier ist.«

»Welches russische Kind?«, fragte Otto verständnislos.

»Na, das reizende Geschöpf, das ich gestern unten in der Kneipe getroffen habe. Spricht nur leider kein Wort Deutsch, das arme Ding.«

»Spar dir das Gesülze«, sagte Klara. »Ich bin kein reizendes Geschöpf.« Ihre Haare steckten längst wieder unter der Mütze und statt Muttchens Bluse trug sie ihre Knickerbocker und ein Jungenhemd.

Billy zuckte mit den Schultern. »Na, so wie du jetzt aussiehst, würde ich das auch nicht behaupten.« Er schüttelte enttäuscht den Kopf. »Und?«, wandte er sich dann an Otto. »Was habt ihr rausgekriegt?«

»Dasselbe wollte ich dich gerade fragen«, gab Otto zurück. »Du bist doch der Reporter.«

»Na, hört mal. Ich kann euch doch nicht die ganze Zeit ohne eine Gegenleistung Informationen liefern.«

»Wovon redest du?«, erkundigte sich Klara. »Bis jetzt hast du uns gar nichts geliefert.«

»Graf Danilo, zum Beispiel. Habt ihr ihn getroffen?«

»Vielleicht.«

»Raus mit der Sprache! Was hat er euch erzählt?«

»Erst bist du an der Reihe«, erklärte Klara. »Ich hab doch genau gesehen, wie du dich mit Trettoff unterhalten hast. Worüber habt ihr geplaudert?«

»Über dies und das«, meinte Billy und betrachtete interessiert seine perfekt gefeilten, glänzenden Fingernägel.

»Sind die immer noch überzeugt, dass Otto die Großfürstin auf dem Gewissen hat?«, bohrte Klara weiter.

Billy schien sie gar nicht zu hören, er begann jetzt, einen Gassenhauer zu pfeifen.

»Also gut«, sagte Otto. »Die Tränen der Zarin. Klingelt da was?«

Billy hörte sofort auf zu pfeifen. »Woher hast du das?«

»Von Danilo. Wenn wir die Tränen der Zarin finden, haben wir auch den Mörder, sagt er.«

»Danilo ist der Meinung, dass die Großfürstin diese Tränen hatte?«

»Schlaues Köpfchen«, lobte Paule.

»Es geht um Diamanten, oder?«, fragte Otto.

»Aber nicht um irgendwelche Diamanten. Die Tränen der Zarin sind dreißig lupenreine Diamanten auf einer Brosche von geradezu unschätzbarem Wert. Angeblich stammen sie von dem russischen Fürsten Potemkin. Der soll die Brosche vor zweihundert Jahren seiner Geliebten, der Zarin Katharina der Großen, geschenkt haben. Seitdem sind sie im Besitz der Zarenfamilie.«

»Jetzt nicht mehr«, sagte Otto.

»Nein. Nach der Revolution waren die Tränen plötzlich verschwunden. Man munkelte, dass einer der Zarenfreunde sie ins Ausland geschafft hat. Aber dass ausgerechnet die Drosskova sie besessen haben soll ...«, Billy schüttelte den Kopf, »... kann ich mir nicht vorstellen. Die war doch vollkommen verarmt. Ich hab die Bruchbude gesehen, in der sie gehaust hat. So lebt doch keiner, der ein Vermögen in der Hinterhand hat.«

»Das war doch nur Tarnung«, gab Klara zu bedenken. »Alle sollten glauben, dass sie arm ist. Um Stalin in die Irre zu führen.«

»Stalin?« Billy pfiff durch die Zähne.

»Genau der!«, sagte Otto und erzählte ihm von Ivanov und Vronski.

»Sie konnte die Brosche schlecht komplett verscherbeln. Da wär sie doch sofort uffjeflojen«, sagte Paule.

Billy kratzte nachdenklich an seinem Schnurrbärtchen. »Mag sein. Na ja. Wenn die Mörder die Tränen haben, dann sind sie natürlich über alle Berge. Die haben die

Brosche bei Stalin abgeliefert, ihre Belohnung kassiert und sind in Russland untergetaucht. Diesmal hat Trettoff Pech, die kriegt er nie und nimmer.«

Klara sah Otto an. Otto sah Klara an. Dann nickte er langsam.

Erzähl's ihm, hieß das. Jedenfalls hoffte Klara, dass sie Otto richtig verstanden hatte. Sie holte tief Luft.

»Sie haben die Brosche ja gar nicht gefunden«, sagte sie.

Billys Kopf schoss nach vorn. Er sah aus wie ein Raubtier, das in der nächsten Sekunde zuschnappen würde. »Was? Wie? Woher weißt du das?«

»Die Kerle sind noch in Berlin«, erklärte Klara. »Und sie sind hinter Otto her. Weil sie glauben, dass wir die Tränen haben.«

»Und?«, fragte Billy misstrauisch. »Habt ihr sie?«

Klara lächelte. Er traute es der Schattenbande also zu, dass sie sich einen solchen Schatz unter den Nagel rissen.

»Natürlich nicht«, sagte Otto.

Billy zog seinen Notizblock und einen Bleistift aus der Tasche. »So, jetzt schießt mal los, das muss ich ganz genau wissen. Wie sehen die Männer aus, wie viele sind es, was genau ist geschehen? Zackzerapp, ich brauche jede Einzelheit.«

»Du träumst wohl«, entgegnete Otto. »Ehe wir auspacken, redest du erst mal. Was hast du von Trettoff erfahren?«

»Von Trettoff? Gar nichts. Er hat keine Ahnung von den Tränen.« Billy pfiff wieder durch die Zähne. »Wenn der wüsste …«

»Was hat denn Trettoff mit den Diebstählen zu tun?«, wollte Lina wissen. »Dafür ist er doch gar nicht zuständig.«

Billy räusperte sich. Klara merkte ihm an, dass er überhaupt keine Lust hatte, irgendetwas von seinem Gespräch mit dem Dicken preiszugeben. Aber er würde nichts mehr aus den Schatten herausbekommen, wenn er ihnen jetzt nicht entgegenkam.

»Die kommen in der Sache einfach nicht weiter«, packte Billy schließlich widerwillig aus. »Und der Dicke meint, dass es einen guten Grund dafür gibt.«

»Und der wäre?«

»Eine undichte Stelle. Trettoff ist überzeugt, dass einer von der Polizei mit drinhängt und mit den Dieben zusammenarbeitet. Die wissen nämlich auf wundersame Weise immer ganz genau, wo die Schupos Streife laufen und wo nicht.«

»Dit wär ja ’n Ding«, staunte Paule.

»Ich frag mich, was Budde zu dieser Theorie sagt«, meinte Otto.

»Er ist der gleichen Meinung«, erklärte Billy. »Er befürchtet auch, dass einer seiner Männer ein falsches Spiel spielt. Aber wer das ist … da tappen sie noch im Dunkeln.« Er kratzte sich mit seinem Bleistift am Ohr. »Was mir gerade so durch den Kopf geht … Vielleicht haben eure russischen Mörder etwas mit den Diebstählen zu tun? Vielleicht sollten sie nicht nur die Tränen der Zarin besorgen, sondern auch noch ein paar andere Klunker – ich meine, wo sie doch schon mal in Berlin sind. Genosse Stalin braucht eine Menge Kohle.«

Kohle. Das brachte Klara wieder darauf, dass sie dem Zahnarzt ihre letzten Groschen gegeben hatte. Im Moment wurden sie noch von Muttchen durchgefüttert, aber sobald sie wieder in ihr Quartier in der alten Schreinerei zogen, waren sie auf sich selbst gestellt. Sie mussten diesen Fall schleunigst zum Abschluss bringen.

»So. Jetzt aber zu euch.« Billy Barrakudas Bleistift schwebte über seinem Block. »Was wisst ihr über die Mörder?«

Klara seufzte. »Beschreib ihm die Kerle, Otto. Er gibt sonst doch keine Ruhe.«

Nachdem Otto und Paule die Männer bis in jedes Detail geschildert hatten, war der Reporter zufrieden und machte sich aus dem Staub. Klara war sich sicher, dass er sofort eine Schlagzeile in seine Schreibmaschine hämmern würde, die es in sich hatte. Gleich am nächsten Tag würde das Ganze in der Zeitung stehen. Aber wer weiß, dachte Klara – vielleicht war es ganz gut, wenn sie Glupschauge und seinen Freund einmal ordentlich unter Druck setzten.

»Und was machen wir jetzt?«, fragte sie. »Gehen wir noch mal zu Witwe Botts und suchen dort nach den Zähnen?«

»Ich weiß was Besseres«, erklärte Otto. »Wir besuchen die Großfürstin.«

Die drei anderen Schatten starrten ihn an. Jetzt dreht Otto durch, dachte Klara.

17. KAPITEL,

in dem ziemlich viele Leichen auftauchen und ein Mädchen verschwindet

Sosehr die anderen Schatten Otto auch bestürmten, er verriet nicht, was er vorhatte.

»Wir brauchen Taschenlampen«, erklärte er nur. »Wo kriegen wir die her – ohne Geld?« Er sah Paule an, der von ihnen allen die besten Kontakte zur Unterwelt hatte.

»Rotze Rosenblut«, sagte Paule sofort. »Der schuldet mir noch eenen Jefallen.«

Rosenbluts Geschäft lag direkt hinter den Hackeschen Höfen, in einem Winkel, der niemals von Sonnenlicht belästigt wurde, was den meisten seiner Kunden sehr recht war. Die Schaufensterscheiben waren so verstaubt, dass man die Auslagen – wertlose Münzen, Briefmarken und Ramsch – nur erahnte. *Rosenbluts Münz- und Raritäten-Cabinet* verkündete das Schild über dem Eingang, aber in Wirklichkeit gab es bei Rosenblut von Dietrichen bis Dynamit einfach alles, was ein Einbrecher in Berlin so brauchte.

»Ich bin kein Leihhaus«, knurrte Rosenblut, nachdem Paule ihm erklärt hatte, dass er zwei Taschenlampen brauchte. »Was wollt ihr überhaupt damit?«

»Wir müssen Licht in eine dunkle Sache bringen«, sagte Otto geheimnisvoll.

Rosenblut zog die Nase hoch. Das nützte gar nichts, in seinem Schnurrbart hing immer ein bisschen Rotz, was ihm bei den Schatten zu seinem Spitznamen verholfen hatte. »Ich will die Dinger alle beide zurückhaben, und zwar spätestens morgen früh. Und wenn ihr erwischt werdet: Mein Name kommt nicht ins Spiel, klar?«

»Klaro!«, beruhigte Paule ihn.

Otto tippelte von einem Bein auf das andere. Er wollte los, sie mussten rechtzeitig in der Hannoverschen Straße sein. Aber Rosenblut war ein kauziger Typ, der einen Narren an Paule gefressen hatte. Paule hatte ihm einmal eine Schatulle geöffnet, an der alle anderen gescheitert waren. »Ihr habt euch gewaltig fiese Leute zum Feind gemacht, das steht fest. Der ganze Verein spricht davon.«

Als *Verein* bezeichneten sich die Diebe und Hehler des Kiezes. Otto und die Schatten hielten Abstand zu der Vereinigung, schließlich stahl die Bande nur für ihren Lebensunterhalt.

»Der Eltinger is schon ewig hinta uns her, dett sin wa jewöhnt, Rotz – äh – Rosenblut.«

Der Hehler lachte, aber plötzlich knallte seine Faust auf die Ladentheke. »Ihr dummen Gören, ihr habt ja keine Ahnung. Alle wissen, dass es einen richtig gefährlichen Kerl irgendwo ganz oben bei der Polente gibt, aber niemand ist ihm bisher auf die Spur gekommen. Wenn einer für beide Seiten arbeitet, ist keiner mehr sicher!«

»Und genau den werden wir finden und ihm das Handwerk legen«, mischte Otto sich ein. »Komm, Paule, wir müssen los.« Er steckte eine der Taschenlampen ein, Paule gab er die zweite.

»Wenn euch das gelingt, richtet der Verein einen Ball im Admiralspalast für euch aus«, rief Rotze Rosenblut ihnen nach.

Als die vier Schatten kurz darauf in die Hannoversche Straße bogen, tauchte die Nachmittagssonne die Häuser in ein goldenes Licht. Die gelben Klinkersteine gaben dem hufeisenförmigen Gebäude, auf das Otto zumarschierte einen heimeligen, warmen Anschein. Keiner wäre auf die Idee gekommen, dass es sich um einen der gruseligsten Orte der Stadt handelte.

Otto war nur ein einziges Mal hier gewesen, vor mehr als einem Jahr, zusammen mit Muttchen. »Das ist besser als jede Geisterbude auf dem Rummel«, hatte sie ihm versichert, »und kostenlos, was will man mehr?«

Klara schnappte nach Luft, als sie kapierte, wohin Otto sie führte. »Du bist wohl bekloppt!«

»Det Leichenschauhaus«, ächzte Paule.

Lina legte den Kopf schief und betrachtete nachdenklich das große Haus, in das die Mordopfer und die Leichen aller ungeklärten Todesfälle gebracht wurden. »Es wurde 1811 für das Charité-Krankenhaus eingerichtet«, kullerten die Worte aus ihrem Mund. »Aber dieses Gebäude wurde erst 1886 von …«

Otto klatschte in die Hände. »Lina!« Wenn Lina in Fahrt kam, warf sie ihr Wissen ohne Punkt und ohne Komma heraus. »Wir gehen einfach rein, so wie alle anderen Besucher auch. Der öffentliche Bereich schließt um fünf Uhr, in den anderen Räumen sind nur noch ein paar Beamte. Dann können wir uns umschauen. Wenn nicht gerade ein U-Bahn-Unglück passiert und zwanzig Lei…«

»Hör auf«, unterbrach ihn Klara. »So genau will ich das nicht wissen.«

»Hast du vor, im Dunkeln da rumzuschnüffeln?«, fragte Paule.

»Nicht im Dunkeln. Wir haben doch die Taschenlampen. Kommt jetzt, wir müssen rein«, verhinderte Otto weitere Einwände. Er überquerte die Straße und die anderen folgten ihm. Er versuchte, vor seinem inneren Auge eine Aufteilung der Räume entstehen zu lassen, aber es gelang ihm nicht. Als er mit Muttchen Pieper hier gewesen war, hatte er sich nicht dafür interessiert, welcher Gang wohin führte.

Sie betraten das Haus über eine breite Treppe und kamen durch eine Vorhalle in einen großen Saal. Zahlreiche Besucher drängten sich um große Kästen mit Glasdeckeln, die auf Metalltischen standen. Und in den Kästen lagen …

»Die Toten«, flüsterte Otto. Jetzt kehrten die Erinnerungen plötzlich zurück. »In diesem Raum liegen die namenlosen Leichen.«

»Mal kieken, ob een Bekannta darunter is«, erklärte Paule und steuerte zielstrebig auf den nächstbesten Kasten zu, aber Klara riss ihn am Ärmel zurück.

»Hör auf, Paule. Das ist doch fürchterlich. Und die Drosskova finden wir hier bestimmt nicht.«

»Aber wir müssen doch so tun wie janz normale Besucher«, erwiderte Paule.

»Der Saal, in dem die Toten untersucht werden, und die Büros der Richter und Ärzte liegen da hinten. Und im Keller werden die Körper aufbewahrt, weil es dort am kühlsten ist«, fiel Otto wieder ein.

Bei seinem ersten Besuch im Leichenschauhaus hatte es ihn so gegruselt, dass er sich lieber mit einem der Wärter unterhalten hatte. Dieses Wissen kam ihm jetzt zugute.

»Am anderen Ende sind die Dienstwohnungen des Personals. Da verstecken wir uns«, flüsterte er.

»Meine sehr verehrten Herrschaften, unsere Lokalität wird in zehn Minuten geschlossen«, hörte er am Ende des Saals einen Aufseher rufen. »Wir bitten Sie, die Räumlichkeiten nun zu verlassen.«

Als der Wärter sich umdrehte, zog Otto die Schatten in den nächsten Seitengang. Am Ende des Flurs fand er, wonach er gesucht hatte: eine schmale, kleine Tür, nicht viel höher als Lina.

Als Otto sie öffnete, schlug ihnen ein Schwall von muffiger Luft entgegen, eine üble Mischung aus Bohnerwachs, Staub und Feuchtigkeit.

»Wenn die Herrschaften so gnädig sein wollen?« Mit einem tiefen Diener forderte er Klara, Lina und Paule zum Eintreten auf. »Die Damen zuerst, bitte.«

Klara schnipste mit der Fingerspitze gegen den Schirm von Ottos Mütze, dann schlüpfte sie hinter Lina in die winzige Kammer. Zum Schluss quetschte sich auch Otto in den Verschlag. Als er die Tür hinter sich zuzog, hockten sie Schulter an Schulter zwischen Blecheimern, Schrubbern und feuchten Wischtüchern. Nur durch das Schlüsselloch fiel noch ein winziger Lichtschein. Paule knipste die Taschenlampe hektisch an und aus. Der Strahl flackerte über die Gesichter der anderen, die wie Gespensterfratzen aufblitzten.

»Hör auf, wir brauchen die Batterien noch«, ermahnte ihn Klara.

Nach einer Ewigkeit rührte Otto sich endlich. In seinen Füßen kribbelte es. Seine Beine waren von oben bis unten eingeschlafen. Vorsichtig begann er, sie zu bewegen. Dann schob er die Tür einen Spalt weit auf.

»Die Luft ist rein«, hauchte er.

Einer nach dem anderen krochen sie in den Flur und reckten ihre Glieder. Der Gang lag still und dunkel da, aber irgendwo in dem großen Gebäude hörte Otto noch Stimmen, das Klappern von Eimern. Sie schlichen zurück in die Publikumshalle.

»Wir gehen nach unten in den Keller«, bestimmte Otto.

Im Schein der Taschenlampen bewegte sich die Bande lautlos über den Steinboden. Jetzt waren sie in ihrem Element. Auch wenn der Anlass und der Ort alles andere als einladend waren, pulsierte ein Hochgefühl durch ihre Adern. Aus vier Berliner Kindern wurde die Schattenbande. Die Meisterdiebe waren in Aktion.

Sie nutzten jede Deckung, huschten unter Ottos Führung von Zimmer zu Zimmer, bis sie den Kellerraum erreicht hatten, dessen eine Wand von riesigen Schubfächern aus Holz bedeckt war.

»Und wie finden wa raus, in welchem von die Kästen die jute Drosskova uff die ewije Ruhe wartet?«, erkundigte sich Paule.

Gute Frage. Der Schein seiner Taschenlampe streifte über die Fächer. Es standen keine Namen darauf, nur Zahlen und Buchstaben.

Otto zuckte die Achseln. »Da gibt es nur eine Möglichkeit.«

»Igitt.« Klara ahnte, was er vorhatte.

Sie zogen eine Schublade nach der anderen auf. Ein süßlicher Geruch, der sich mit etwas Stechendem vermischte, quoll heraus.

»Das ist Ammoniak. Für die Kühlung. Damit die Lei… die Leute sich nicht auflösen«, wisperte Lina.

»Das will ich gar nicht wissen, Lina. Leuchte mal hier rein.« Klara schaute genauer hin. »Ein Schnurrbart. Das ist nicht die Großfürstin.«

»Stimmt, die hat ihren immer abrasiert«, scherzte Otto, aber keiner lachte.

»Ick hab mir doch neulich mal ins Kintopp jeschlichen, und

da lief die Jeschichte mit dem Nosferatu, dett is een Vampir und …«

»Ruhe jetzt!« – »Kein Wort mehr!« – »Paule!«, schallte es aus den Mündern der anderen.

Klara öffnete ein Fach weiter oben und stellte sich auf die Zehenspitzen. »Die Fürstin!«

Die Köpfe der anderen fuhren so rasch heran, dass sie fast zusammenstießen.

Ein großes weißes Tuch verhüllte die Gestalt auf der Bahre vom Scheitel bis zu den Knöcheln, nur die Füße ragten hervor.

Mit spitzen Fingern zog Klara den grauen Stoff bis zum Hals zurück. »Ist sie das?«, flüsterte sie Otto zu. Er nickte stumm.

Die Drosskova hatte ein paar blaue Flecken im Gesicht, sah sonst aber so aus, als wolle sie gleich in ihr Lieblingskaffeehaus gehen. Nur die Schleife, die ihr Kinn festhielt und oben über dem Scheitel verknotet war, hätte dabei gestört.

»Das machen sie, damit der Mund zu bleibt«, sagte Lina.

»Mir is übel.« Paul wich zurück und sank auf eine der Holzbänke, die den langen Raum in der Mitte unterteilten. »Du willst det Ding doch nich abnehmen und …«

Er hatte den Satz noch nicht vollendet, da schubste seine Schwester ihn von der Bank.

»Hilf mir!« Aber bevor Paule mitanpacken konnte, hatte Lina die Bank schon alleine zu dem Fach gezerrt. Sie stellte sich darauf und löste mit geschickten Fingern die Schleife. »Hier, bitte schön!«

Paule winkte ab und murmelte noch einmal, dass ihm übel sei. Klara und Otto stiegen zu Lina hinauf. Die drei Augenpaare lugten über den Kistenrand.

»Der Mund ist immer noch zu«, stellte Klara fest.

Lina tippte mit dem Zeigefinger gegen das Kinn. Langsam klappte der Unterkiefer nach unten. Ein dunkles Loch gähnte die Schatten an.

Klara schluckte.

Otto zuckte zurück und schloss die Augen.

»Mir ist so watt von übel«, ächzte Paule. Er drehte sich einmal um seine eigene Achse, ließ sich wieder auf die Bank fallen und brachte sie auf diese Weise zum Kippen. Otto verlor das Gleichgewicht und versuchte sich an der Schublade festzuhalten, die dadurch aber noch weiter aufgerissen wurde. Er stürzte nach hinten und riss Klara und Lina mit sich.

Über ihnen löste sich die Lade aus ihrer Verankerung. Mit einem donnernden Knall schlug sie auf dem Steinboden auf und prallte gegen eine leere Bahre auf Rollen, die wiederum gegen die Schwingtür sauste, durch die sie vorhin gekommen waren. Dort verkeilte sich die Bahre.

»Ist da jemand?«, rief jemand auf der anderen Seite der Tür.

»Der Nachtwächter!«, flüsterte Klara.

Otto rappelte sich hoch. Er fummelte einen Lappen aus der Hosentasche, wickelte ihn um die Finger und ging auf den Kasten mit der Großfürstin zu, der jetzt mitten im Raum lag.

»Das muss jetzt leider sein«, sagte er, bevor er versuchte, nach dem Gebiss der Toten zu greifen. Es herausziehen konnte er jedoch nicht mehr.

»Hallo, he! Was geht hier vor sich?« Jemand bollerte gegen die Schwingtür. »Sofort aufmachen!« Die Bahre verrutschte, als der Mann auf der anderen Seite an der Tür rüttelte, aber sie gab den Weg nicht frei.

»Wir sollten uns lieber aus dem Staub machen. Der Herr da drüben ist sicher kein Gespenst«, stellte Lina fest.

Der Wachmann warf sich von außen immer wieder gegen die Tür, bis sich die Blockade löste. Die Bahre rollte quer durch den Raum, der Nachtwächter stolperte hinein und verlor dabei seine Brille. Fluchend tastete er danach.

»Nichts wie weg, Schatten!«, befahl Klara und schlug sich sofort danach die Hand vor den Mund. Otto stieß ihr den Ellenbogen in die Rippen. Vor Fremden nannten sie ihren Bandennamen nie.

Der Nachtwächter tastete immer noch nach seiner Brille. Klara und Paule stürmten aus dem Raum, Otto folgte ihnen. Die Treppe zum Erdgeschoss hoch, durch den dunklen Publikumsraum, in dem die Leichenschaukästen glänzten wie Aquarien.

»Hier entlang!«

Klara schlug den Weg zu den Dienstwohnungen ein. Sie rannten, bis sie ein Fenster entdeckten. Paule riss es auf und sprang als Erster nach draußen. Klara folgte ihm.

»Jetzt du, Lina!« Otto blickte sich nach dem jüngsten Schatten um.

»Lina?« Seine Taschenlampe zog eine Lichtbahn durch den leeren Gang. Lina war nicht da. Paules Kopf tauchte jetzt am offenen Fenster auf.

»Lina! Ick kriech die Motten. Wir ham se bei die Jespenster verjessen!«

Berliner Lokal—Anzeiger

2. Juli 1926

Sind die Tränen der Zarin in Berlin? Einbruch in Leichenschauhaus

von Billy Barrakuda

In der gestrigen Nacht brachen unbekannte Täter in das Leichenschauhaus der Charité ein und versuchten die Leiche der kürzlich ermordeten russischen Großfürstin Elena Drosskova zu stehlen. Am Tatort fanden sich keinerlei Spuren außer einer handelsüblichen Taschenlampe, wie sie in Berlin zu Hunderten verkauft wird. Die Täter konnten unerkannt entkommen.

Aus gut informierten Kreisen verlautete, dass die abscheuliche Tat im Zusammenhang mit den Juwelendiebstählen der vergangenen Tage steht. Demnach soll die Großfürstin im Besitz der legendären Tränen der Zarin gewesen sein, einer Diamantbrosche aus dem Nachlass der ehemaligen Zarin Alexandra. Nach dem Tod der Drosskova konnte das Schmuckstück allerdings nicht bei ihr sichergestellt werden. Eigentlich galt die Russin als verarmt. Auffälliges Interesse sollen zwei ebenfalls aus Russland stammende Männer an den Vorfällen rund um den Mordfall gezeigt haben.

Auf die Frage, ob der mutmaßliche Juwelenräuber Otto Karwuttke mit dem sowjetischen Geheimdienst unter einer Decke steckt, antworteten sowohl die Berliner Polizei als auch der sowjetrussische Botschafter mit: »Kein Kommentar.«

18. KAPITEL,

in dem mehrere Fallen gestellt werden, aber nur eine zuschnappt

»Wie konnte das nur passieren?«, fragte Klara nun schon zum dritten Mal in einer Viertelstunde. Sie machte sich solche Vorwürfe. »Lina war doch die ganze Zeit hinter mir.«

Die drei Schatten hockten im Schneidersitz auf Ottos Pritsche, die Köpfe auf ihre Hände gestützt. Nachdem sie bemerkt hatten, dass Lina fehlte, hatten sie einen Moment gewartet. Doch das Gebäude in der Hannoverschen Straße hatte bald nur so von Polizei gewimmelt, dass sie einfach abhauen mussten. In ihrem Versteck auf dem Dachboden von Muttchen Pieper quälte nun alle die Angst um das jüngste Bandenmitglied. Wieder und wieder wischte sich Klara verstohlen die Tränen ab. Die Jungen sollten nicht sehen, dass sie weinte.

»Ick halt det nich mehr aus.« Paule sprang jetzt vom Bett. »Ick jeh noch mal zurück.«

»Das bringt doch nichts, Paule«, hielt Otto ihn auf. »Wenn Lina wirklich noch im Leichenschauhaus war, haben die Wärter sie längst gefunden. Und Lina fällt bestimmt eine Ausrede ein, sie ist schlauer als wir alle zusammen. Morgen früh ist sie wieder zu Hause, du wirst schon sehen.«

Klara kannte Otto gut genug. Er glaubte selbst nicht, was er sagte.

»Die sind doch nicht doof bei der Polizei«, erklärte sie. »Dieser Trettoff kann doch eins und eins zusammenzählen, wenn Lina neben der Lei…« – nein, das Wort brachte sie nicht über die Lippen –, »… also wenn Lina neben der Großfürstin gefunden wird.«

»Ob Lina auspackt, wenn die sie in die Mangel nehmen?«, überlegte Otto laut.

»Die verrät nüscht«, versicherte Paule. »Janz bestimmt nich.«

»Natiirrrrlich nicht.«

Die drei Schatten sprangen auf, als sich die Dachbodenluke mit einem durchdringenden Quietschen öffnete.

»Wer da?«, fragte Otto.

Klara hörte das Zittern in seiner Stimme.

»Die Drrrross-ko-waaa«, hauchte eine hohle Stimme aus dem Nichts.

Otto und Klara wechselten einen furchtsamen Blick. Klara brachte nur ein Keuchen hervor: »Was willst … äh … was wollen Sie?«

»Otto Karrrwuttke will ich. Ich bin gekommen, um saine Sääle zu holen. Er soll mirrr im Jäänseits dienän«, tönte die hohle Totenstimme. »Und Fröuulein Klara nämme ich auch miiit!«

»W-w-w-as?«

Klara schwitzte. Du meine Güte, worauf hatten sie sich da bloß eingelassen? Das hatten sie nun davon, dass sie die Totenruhe der Großfürstin gestört hatten. Nun wollte die Drosskova ihre Seelen. Und es gab kein Entrinnen. Der einzige Weg führte über die Treppe, und da wartete das Gespenst auf sie. Sie waren verloren.

»Ich … äh … ich hab Ihnen doch gar nichts getan«, stammelte Otto. »Bitte, liebe Frau Drosskova.«

Die Drosskova kicherte.

»Augenblick mal«, sagte Paule, der als Einziger ganz ruhig geblieben war. »Wenn dit die Jroßfürstin is, bin ick der Kaiser von Schina.«

»Un-värrr-schämt-haaait!«, begann es wieder zu säuseln, aber im selben Moment tauchte ein rotblonder Schopf in der Türöffnung auf und Linas fröhliches Gesicht schob sich in das Blickfeld. »Guten Abend allerseits!«

»Lina!« Klara stürzte auf ihre kleine Freundin zu. »Du bist entkommen! Menschenskind, ich bin ja so froh!«

Die beiden Mädchen fielen sich in die Arme.

»Tut mir leid, wenn ich euch Angst gemacht habe«, meinte Lina zerknirscht, als Klara sie endlich wieder losließ und ihr Blick auf Otto fiel. »Aber es war doch so lustig.«

»Wie bist du denen entkommen?« Otto wechselte schnell das Thema.

»Och, das war ganz einfach. Der Nachtwächter hatte genauso große Angst vor Gespenstern wie ihr. Während ihr abgehauen seid und er seine Brille gesucht hat, bin ich in eine der leeren Schubladen gekrochen. Und dann hab ich ein bisschen geseufzt und gesäuselt und gestöhnt, und schon ist er weggerannt, als ob zehn Geister hinter ihm her wären. Danach musste ich mich allerdings wieder in der Besenkammer verstecken, bis der letzte Polizist aus dem Haus war.« Sie schüttelte missbilligend den Kopf. »Ich weiß gar nicht, was ihr alle habt. Vor den Toten muss man sich doch wirklich nicht fürchten. Die leben in ihrer eigenen Welt und tun uns bestimmt nichts.«

»Die *leben* gar nicht mehr«, berichtigte Klara sie. Ihr saß der Schreck immer noch in den Knochen. »Mich würde aber viel mehr interessieren, was du in der leeren Schublade zu suchen hattest?«

»Na, ihr hattet ja was vergessen.«

»Die zweite Taschenlampe?«, fragte Paule begierig. »Ick hatte mir schon jefragt, wie ick Rotze erklären soll, det se weg is.«

»Nee, die Lampe hab ich leider auch nicht. Aber dafür das hier ...« Lina zog ein ziemlich schmutziges Taschentuch aus ihrer Schürzentasche und streckte es Klara hin. »Hier, bitte schön. Aber pass auf, dass sie dich nicht beißt.«

Klara zuckte zurück. »Was ist da drin?« Sie warf Otto einen schnellen Blick zu, und als er nickte, schlug sie die Zipfel des Taschentuchs nach außen. Und schnappte nach Luft.

»Die Tränen der Zarin«, flüsterte Otto.

Lina hatte es geschafft: Sie hatte ihnen das Gebiss der Drosskova besorgt.

»Dafür waren wir doch dort, oder?«, fragte Lina

Ein rosa und gelblich glänzendes Gebilde lag in dem Taschentuch und grinste sie triumphierend an.

»Paule«, sagte Klara. »Dein Werkzeug.«

»Mein jutes Werkzeug? Nee, det kommt nich infrage, nich mit meene …«

»Paule!«, ermahnte Otto ihn.

Murrend kramte Paule einen Schraubendreher und einen kleinen Meißel unter seiner Matratze hervor. Klara unterdrückte einen Anflug von Ekel und hob den Oberkiefer mit dem Schraubenzieher an. »Da ist nichts«, stellte sie enttäuscht fest. Als sie dann jedoch mit dem Meißel am hintersten Backenzahn kratzte, hellte sich ihre Miene auf. Ein glasklarer Edelstein funkelte sie an.

»Eins, zwei, drei, vier, fünf …«, begann Otto zu zählen und kratzte vorsichtig an jedem Zahn.

Sie kamen auf zweiundzwanzig. Zweiundzwanzig Diamanten. Ursprünglich waren dreißig Steine in der Brosche gewesen, das hatte Billy ihnen erzählt, acht hatte die Großfürstin also schon verkauft. Aber das Gebiss hatte immer noch einen unschätzbaren Wert.

»Lina, du bist ein Genie«, erklärte Klara. »Wie hast du das bloß geschafft?«

»Tja. Als der Kerl weg war, hab ich mir die Zähne geholt und bin ab durch die Mitte. Gerade noch rechtzeitig, bevor das Überfallkommando der Polizei in den Saal gestürmt ist.«

»Du bist eine Heldin«, sagte Otto.

»Meene Schwesta«, sagte Paule stolz. »Die Kleene is Jold wert. Oder bessa: Diamanten.« Er umarmte Lina und drückte seine Schwester fest an sich.

Klara strich ihr liebevoll übers Haar. Mit den Gedanken war sie aber schon woanders. »Den Käse hätten wir nun …«, murmelte sie.

»… dann müssen wir nur noch die Falle aufstellen!«, vollendete Otto ihren Satz.

Paule und Lina schauten die beiden älteren Schatten fragend an.

»Überlegt doch mal«, sagte Klara. »Wenn wir nun zur Polizei marschieren und denen das Gebiss überreichen …«

»Dann buchten die Otto ein«, ergänzte Lina. »Die Zähne sind der Beweis, dass Otto die Drosskova umgebracht hat.«

Otto nickte. »Wir müssen also die Ratte aus dem Loch locken.«

»Willsta etwa Jlupschauge und Bohnenstange …?« Paules Grinsen verriet, wie sehr ihm die Idee gefiel, den beiden Kerlen eine Falle zu stellen.

Lina schauderte. »Aber die zwei sind doch gefährlich. Sie haben euch mit einer Pistole bedroht.«

»Alles eine Frage der Taktik«, meinte Klara. »Wir könnten Billy einweihen und …«

»Nein! Der würde zuerst einen Artikel darüber schreiben und die Verbrecher bitten, freundlich in die Kamera zu lächeln. Außer Muttchen Pieper können wir keinem trauen«, warf Otto ein.

»Die Polizei«, sagte Klara und senkte gleich die Stimme. »Wir müssen es so drehen, dass die Polizei die Täter auf frischer Tat ertappt.«

»Du willst mit der Polente zusammenarbeiten?«

»Genau.«

»Aber bei der Polizei spielt einer falsch«, sagte Otto nachdenklich. »Habt ihr das vergessen? Vielleicht ist es Eltinger. Der Mann hat doch ganz bestimmt Dreck am Stecken.«

»Det jlaub ick aba auch«, rief Paule. »Eltinger hatte von Anfang an die Finger mit im Spiel jehabt. Und neulich – bei dem Überfall auf die Ginelli – da war er als Erster am Tatort. Det stand ja sojar in der Zeitung.«

»Ich wette, dass Eltinger auch bei den anderen Juwelendiebstählen vor Ort war«, murmelte Klara.

»Vielleicht«, murmelte Otto. »Vielleicht aber auch nicht.«

»Was meinst du?«, fragte Lina.

»Vielleicht stinkt der Fisch doch vom Kopf her.«

»Welcha Fisch?«, fragte Paule verständnislos. »Welcha Kopf?«

»Das sagt man so«, erklärte Lina. »Wenn der Übeltäter keine kleine Nummer ist, sondern der Boss vom Ganzen.«

»Der Boss?«, wiederholte Paule. »Aber das würde ja bedeuteten … das heißt ja …«

»Genau.« Otto nickte düster. »Der Verbrecher, der mir das alles in die Schuhe schieben will, heißt Trettoff.«

Ein paar Augenblicke lang herrschte atemlose Stille auf dem Dachboden. Im Schornstein heulte der Wind – oder war es doch der Geist der toten Großfürstin? Klara fand auf einmal nichts mehr unmöglich.

»Was sollen wir denn jetzt machen?«, fragte Lina nach einer Weile. »Gegen Trettoff haben wir keine Chance.«

»Sach dit bloß nicht, Lina«, wies sie ihr Bruder zurecht. »Gegen die olle Tante Elfi hatten wir auch keene Schangse und trotzdem sind wir aus dem Waisenhaus rausjekommen. Und gegen Glupschauge und Bohnenstange hatten Otto und icke auch keene Schnitte, aba gekriegt ham se uns nicht. Und jetzt sind wir hier und sind zusammen und so bleibt det auch. Weil ick mir det nämlich nich kaputt machen lass, von einem falschen Fuffzija wie dem Trettoff nicht und von keinem anderen auch nicht.«

»Ganz genau«, sagte Otto. »Sehr richtig, Paule.«

»Und wie geht's jetzt weiter?«, fragte Klara.

»Budde«, sagte Otto. »Kommissar Budde können wir trauen. Er hat mir geholfen, aus dem Präsidium zu entkommen.«

Klara runzelte die Stirn. »Ich dachte immer, ich hätte dich da rausgeholt.«

»Aber vorher hat Kommissar Budde den Raum verlassen. Er wollte, dass ich abhaue, da bin ich mir ganz sicher.«

»Du meinst, wir sollten ihn einweihen?« Klara war immer noch nicht hundertprozentig überzeugt.

»Was willst du ihm denn sagen?«, fragte Lina. »Dass der Trettoff ein Halunke ist? Dann lacht er sich doch bloß schlapp. Oder er wird erst recht sauer auf dich.«

»Wir müssen es riskieren«, sagte Otto. »Wenn es stimmt, dass Trettoff mich in die Pfanne hauen will, damit seine Machenschaften nicht ans Licht kommen, dann können wir ihn nicht allein überführen. Wir brauchen Hilfe.«

»Vielleicht hast du recht«, sagte Klara. »Ich hab Budde ja nur ein einziges Mal erlebt – unten in der Kneipe. Da wirkte er nett – ich meine, jedenfalls für einen Polizisten.«

»Wo sollen wir uns mit ihm treffen?«, fragte Lina.

»Von *wir* kann erst mal keine Rede sein«, erklärte Otto. »Ich geh da allein hin. Wenn etwas schiefgeht, dann hängen wir wenigstens nicht alle drin.«

»Ich komme auf jeden Fall mit«, sagte Klara. »Du bist immer noch verletzt. Allein schaffst du das nie und nimmer.«

»Ick bin auch mit von die Partie.«

»Und ich auch«, verkündete Lina entschieden. »Und wenn ihr euch auf den Kopf stellt und mit den Beinen wackelt. Sonst …«

»Schon gut«, sagte Klara hastig. Streit war das Letzte, was sie jetzt brauchen konnten. »Wir ziehen das gemeinsam durch.«

Klara stellte sich in die Mitte des Dachbodens, streckte ihren rechten Arm aus und schaute die anderen an. Einer nach dem anderen trat zu ihr. Zuerst legte Otto seine Hand auf Klaras, dann flogen alle anderen Hände wie auf Kommando in die Mitte und stapelten sich übereinander.

»Wir sind die Schatten …«, flüsterte Otto, die anderen wiederholten die Worte und gemeinsam riefen sie den Wahlspruch hinaus in die Dunkelheit. »Wir sind die Schatten, schnell und schlau, keiner sieht sie je genau!«

19. KAPITEL,

in dem es Kaffee und Kuchen und eine Schießerei gibt

Ottos Herz schlug schneller als sonst. Er wusste genau, dass ihr Plan ein paar Haken hatte, aber sie mussten den russischen Geheimagenten eine Falle stellen. Nun hatten sie die Sache in Gang gebracht, nun gab es kein Zurück mehr.

Die Schatten drängten sich zu viert hinter dem Feuermelder auf der Kleiststraße und spähten zur Sommerterrasse des Restaurants »Zum Goldenen Schwan«, das auf der anderen Straßenseite lag. Jetzt, kurz vor sieben Uhr abends, war noch nicht viel los. Viele Gäste würden erst kommen, wenn in den Varietés und Theatern der Schlussvorhang gefallen war und die Nachtschwärmer sich stärken wollten, bevor sie sich bis zum Morgengrauen in den Tanzlokalen vergnügten.

Otto hatte morgens Dr. Antonov noch einen Besuch abgestattet und ihn überredet, seine Beziehungen spielen zu

lassen. Ob die Nachricht bei Glupschauge und Bohnenstange angekommen war, konnte der Zahnarzt zwar nicht garantieren, aber er hatte Otto versichert, dass die Männer vom russischen Geheimdienst bisher immer schneller als die Feuerwehr gewesen waren, wenn es um die Juwelen gegangen war. Ihre Augen haben sie sowieso überall, waren seine Worte gewesen. Wenn die beiden Wind davon bekämen, dass jemand mit den Tränen der Zarin in der Tasche im »Goldenen Schwan« sitzen würde, würden sie bestimmt auftauchen. Und dann sollte Kommissar Budde zugreifen.

Lina hatte einen Brief an Budde verfasst, in dem die Schatten ihn aufforderten, sich um Punkt sieben Uhr im Restaurant einzufinden.

»Unter Ihren werten Polizeikollegen befindet sich ein Verräter«, hatte Lina geschrieben. »Deshalb möchten wir Sie bitten, unsere Nachricht mit der allergrößten Diskretion zu behandeln.«

»Mit der allergrößten … watt? Ick vasteh keen Wort«, hatte Paule gesagt.

»Er soll niemand erzählen, dass er sich mit uns trifft«, übersetzte Klara.

Auf der Terrasse trank nur ein einsames Ehepaar Tee. In einem Fenster über ihnen lehnte ein Mann in einem schmutzigen Unterhemd, die Arme auf ein Kissen gebettet, und starrte zu ihnen herunter. Von dem Kommissar der Mordkommission fehlte jede Spur.

»Nichts«, sagte Klara. »Vielleicht kommt Budde ja gar nicht, weil er den Brief für einen Scherz gehalten hat.«

»Der kommt«, knurrte Otto. »Wart's ab. Der ist doch nicht doof. Er wartet, bis Glupschauge auftaucht, und dann, zack, schnappt die Falle zu.«

Jetzt trat ein Kellner aus dem Haus. Er trug ein Tablett, auf dem zwei Kuchenteller standen, über seinem linken Arm lag ein blütenweißes Geschirrtuch. Mit würdevoller Verbeugung servierte er den Gästen ein Stück Kuchen.

»Kuchen«, stöhnte Paule. »Det würd mir jetzt auch schmecken. Ick hab so eenen Kohldampf. Vielleicht kann ja eener von uns ma kurz zu Schmeißer rüberpeesen und 'n paar Rosinenschrippen besorjen …«

»Wir haben keinen müden Pfennig mehr«, erinnerte Klara ihn.

»Nun hört schon auf zu jammern«, meinte Otto. »Wenn wir die Sache hier erledigt haben, gibt's Suppe. Muttchen hat uns ihre berühmte Soljanka versprochen, die Spreewaldbauern liefern nämlich endlich wieder Gurken.«

»Na, hoffentlich erleben wir das noch«, flüsterte Klara.

Ein Straßenfeger begann den Bürgersteig vor dem Feuermelder zu kehren. Er arbeitete so schwungvoll, dass der Staub durch die Luft wirbelte und Paule husten musste.

»Da!« Lina stupste Klara an.

Ein Auto bog um die Ecke, aber Paule winkte ab. Es war kein Horch. Auch sonst war von Ivanov und Vronski weit und breit nichts zu sehen. Von Kommissar Budde allerdings auch nicht.

»Ob ich schon mal rübergehen soll?«, fragte Otto leise.

»Warte noch«, flüsterte Klara. »Es ist besser, wenn die beiden zuerst da sind. Ich hab plötzlich ein ungutes Gefühl. Irgendetwas stimmt nicht.«

Auf Klaras Eingebungen sollte man hören, das wusste Otto, aber ihn kribbelte es am ganzen Körper. Im »Goldenen Schwan« setzte sich ein Mann im braunen Anzug an einen der freien Tische. Die Zeitung, die er in der Hand hielt, legte er auf den Stuhl neben sich, zwirbelte seinen Schnurrbart und strich sich immer wieder über die struppigen blonden Haare. Er griff nach der Speisekarte, die der Ober soeben vor ihn auf den Tisch legte. Der Blonde plauderte mit dem Kellner, aber worüber sie sich unterhielten, konnten die Schatten nicht hören.

Ottos Augen flogen über die Straße, sie durchsuchten jeden Hauseingang, jede finstere Ecke und jeden Winkel, in dem sich ein Polizist hätte verbergen können. Aber da war niemand.

»Vielleicht hat Budde den Brief nicht bekommen?«

Lina stemmte die Arme in die Hüften. »Ich hab extra *persönlich* und *dringend* draufgeschrieben.«

»Warten nützt doch nichts«, meinte Otto. »Vielleicht hockt Glupschauge ja auch irgendwo und wartet, dass ich auftauche. Ich geh jetzt rüber.«

Bevor die anderen etwas dagegen sagen konnte, trat Otto auf die Straße. Ein rotbrauner Wallach, der eine Pferdedroschke zog, schnaubte, als er vor ihm über die Fahrbahn huschen wollte. Otto hatte das Gespann übersehen und musste einen Riesensatz nach hinten machen.

Das rettete ihm das Leben, denn im selben Moment pfiffen Schüsse über die Terrasse. Der Droschkengaul wieherte und galoppierte los. Der Mann im braunen Anzug zog eine Pistole unter seiner Zeitung hervor. Neben ihm ließ der Kellner sein Tablett fallen und riss ebenfalls eine Waffe aus der Weste. Auch der Mann und die Frau, die gerade noch friedlich Tee getrunken hatte, sprangen jetzt auf und richteten ihre Pistolen auf Otto.

»Da im Fenster«, kreischte Lina. »Da oben!«

Der Bursche im schmutzigen Unterhemd hielt ein Gewehr in der Hand. Der Straßenfeger hatte seinen Besen zur Seite geworfen und stattdessen einen Revolver gezogen. Und nun erkannte Otto ihn auch. Das war Klaus Manrath, besser bekannt als Klunker-Klaus. Er war der Kopf einer Diebesbande, die sich auf alles, was glitzerte und ein Vermögen wert war, spezialisiert hatte. Wie kam der hierher, wie konnte er wissen, dass hier ein Juwelen-Geschäft ablaufen sollte?

Otto hob langsam die Hände.

»Ergib dich, Junge! Rück die Klunker raus.«

»Nie und nimmer«, zischte Otto.

Selbst wenn er es gewollt hätte – er trug die Tränen der Zarin gar nicht bei sich, sondern Muttchen Piepers Gebiss. Noch in der Nacht hatten sie die falschen Zähne der Drosskova mit denen von Muttchen Pieper vertauscht, die immer in einem Glas auf ihrem Nachttisch standen.

Klunker-Klaus fuchtelte mit der Pistole.

Otto holte tief Luft und sprintete los. Er schlug Haken, bis er den Feuermelder wieder erreicht hatte. Von allen Richtungen knallten jetzt Schüsse über die Straße.

Über den Schatten öffnete sich ein Fenster. »Was ist denn hier los? Ick ruf die Polente!«, schimpfte eine Frau.

»Weg vom Fenster!«, schrie der Kellner.

Das Fenster knallte wieder zu.

»Sofort verduften!«, keuchte Otto.

»Watt du nich sagst«, ächzte Paule.

Paule nahm seine Schwester an der Hand und rannte mit ihr in Richtung Nollendorfplatz. Klara und Otto flitzten in die andere Richtung. Die Kugeln pfiffen dicht über ihre Köpfe hinweg.

»Schneller, Klara«, stieß Otto hervor. »Renn um dein Leben!«

»Aber wohin?«

Aus dem Augenwinkel sah er, wie Paule sich ein Fahrrad schnappte und auf den Sattel sprang. Lina hopste vor ihm auf die Stange und die beiden rasten davon.

Als Otto den Kopf drehte, stand der falsche Kellner vor ihm. Mit kaltem Lächeln richtete er seine Pistole auf Klara.

»Da lang!« Otto wollte Klara gerade am Arm in die andere Richtung zerren, als ein dunkler Wagen um die Ecke bog und so dicht vor ihnen hielt, dass die Stoßstange fast Klaras Knie berührte. Links und rechts schlugen die Türen. Otto erkannte den Horch.

»Schwiradsnajewski brodnje!«, schrie Ivanov, das Glupschauge.

»Kerematsch nivschiewski!«, ergänzte sein Freund Vronski, die Bohnenstange.

Die Augen des falschen Kellners weiteten sich vor Entsetzen, als er in die Mündung des Maschinengewehrs sah, das die beiden Geheimagenten auf ihn richteten. »Liebe Freunde, bevor Sie einen schweren Fehler machen, muss ich Ihnen sagen …«

Aber was der Kellner den beiden Russen sagen wollte, bekamen Klara und Otto nicht mehr mit. Sie nutzten den kurzen Moment der Verwirrung und brachen nach links aus.

»Zu Schmeißer«, rief Otto, während sie in eine schmale Gasse einbogen.

Klara verstand sofort.

Vor der Konditorei Schmeißer, die sich am Ende der Gasse befand, gab es eine Luke, die direkt in den Keller der Bäckerei führte und niemals abgeschlossen war. Die Öffnung war groß genug für Mehlsäcke. Und für Kinder. Erwachsene Menschen passten nicht hindurch.

Während ihre Verfolger sich gegenseitig bedrohten, riss Otto die Luke nach oben. Zuerst zwängte sich Klara in die Dunkelheit. Dann folgte Otto und zog die Klappe hinter sich zu.

Sie tasteten sich durch den finsteren Lagerraum, in dem der Bäckermeister seine Vorräte aufbewahrte. Eier, Zucker und Rosinen hingen in Behältern von der Decke, die aussahen wie riesige Vogelkäfige. Die Lebensmittel waren so vor Mäusen und Ratten geschützt, nicht jedoch vor den Schatten. Sie waren schon öfter hier gewesen, die Vorhängeschlösser an den Kästen stellten für Paule natürlich kein Problem dar.

»Meinst du, wir haben sie abgehängt?«, flüsterte Klara.

»Vielleicht haben sie nicht mitbekommen, dass wir hier rein sind«, gab Otto zurück.

»Hoffentlich sind Paule und Lina entkommen.«

»Bestimmt. Die waren vor allem hinter mir her.« Otto schlich zurück zur Luke und versuchte, einen Blick auf die Straße zu werfen. »Mist, man sieht nichts.«

»Mach mal Räuberleiter«, forderte ihn Klara auf.

Otto verschränkte die Finger ineinander, ging in die Hocke und Klara setzte den Fuß in seine Handflächen.

»Boah, du bist aber ganz schön fett geworden«, ächzte er übertrieben laut.

Klara antwortete mit einem Klaps auf den Hinterkopf. »Blödmann.«

Sie hielt sich oben am Verschluss der Luke fest und versuchte, sie nach oben zu hieven. Durch ihre Bewegung kam Otto ins Schwanken. Wenn er Klara nicht fallen lassen wollte, musste er sie nach vorne schieben. Sein Gesicht wurde dabei genau auf ihren Bauch gedrückt.

Durch den muffigen Geruch ihrer Klamotten drang ein angenehmer Duft. So nah war er einem Mädchen noch nie gekommen, ein komisches Gefühl breitete sich in seinem Bauch aus.

»Wackel nicht so«, kam von oben die Ermahnung. »Mist!«

Nun segelte Klaras Mütze zu Otto herunter. Ihre blonden Zöpfe fielen auf ihren Rücken.

»Siehst du was?«, keuchte Otto.

»Moment … höher, ich muss höher!«

Otto drückte die Beine durch, ein paar Zentimeter konnte er Klara noch nach oben schieben, aber seine Arme brannten jetzt schon. In diesem Moment fiel von oben ein Lichtstrahl in den Keller. Klara hatte die Luke geöffnet. Gleichzeitig hörte Otto hinter sich ein Geräusch. Jemand wollte in den Vorratsraum.

Mit einem durchdringenden Quietschen öffnete sich die Tür.

»Klara«, flüsterte Otto.

Aber Klara antwortete nicht. Stattdessen verschwand sie mit einem schrillen Schrei in der Höhe. Plötzlich von der Last in seinen Händen befreit, verlor Otto das Gleichgewicht. Er kippte nach rechts, versuchte sich an einem der Regale festzuhalten und stieß es dabei um. Das Regal fiel auf einen Mehlsack, schlug diesen auf, und alles verschwand in weißem Nebel.

»Mein neuer Anzug! Verdammt, du gehst mir ganz schön auf die Nerven!«, blaffte eine Männerstimme. Dann ein dreckiges Lachen. »Aber nicht mehr lange. Ich hoffe, du hast dein Testament gemacht.« Das Lachen wurde von dem Mehlstaub erstickt. Hustend, aber offenbar bester Laune, fuhr der Kerl fort: »Deine Klunkerchen, die erbe auf jeden Fall … ich!«

Durch den Mehlnebel sah Otto den schwankenden Lichtkegel einer Taschenlampe. Dann eine Gestalt, die langsam näher kam. Und nun erkannte er den Kerl auch. Es war der Mann im braunen Anzug. Grinsend richtete er seine Pistole auf Otto.

»Hände hoch, Bürschchen.«

Diese Stimme. Ottos Kopf ratterte wie eine Dampfmaschine auf höchsten Touren.

Den Mann hatte er noch nie zuvor gesehen. Doch die Stimme kannte er.

Aber woher?

20. KAPITEL,

in dem Otto dem Mörder ins Auge schaut

Klara starrte Paule an, der immer noch ihre rechte Hand hielt. Lina umklammerte ihre linke. »Was macht ihr denn hier?«

»Na, wir hatten denselben Jedanken wie du! Schmeißers Vorratskeller is det netteste Vasteck inne janze Stadt! Und plötzlich gucken da zwee Patschehände ausse Luke.«

»Wir dachten schon, die Großfürstin will uns greifen«, kicherte Lina.

»Und da hammwa mal kräftig an die Arme von die Alte gezogen, und schwups – stand Klara Schlapp vor uns.«

»Hört auf mit dem Blödsinn! Wir haben jetzt keine Zeit für Scherze. Hat euch jemand gesehen?«

Lina verdrehte die Augen. »Wir sind doch nicht blöd.«

»Wo is Otto?«, fragte Paule.

»Noch da unten.«

Klara hob die Luke an und rief leise nach Otto. Er antwortete nicht. »Otto?!«, wiederholte sie seinen Namen etwas lauter. »Paule und Lina sind –« Weiter kam sie nicht.

»Klara, ick hör da watt –«

Auch Paule konnte seinen Satz nicht vollenden. Hinter ihnen ratterte ein Automobil um die Ecke. Der schwarze Horch. Inzwischen erkannten sie ihn alle am Geräusch.

Klara sah, wie die Autotüren aufsprangen und die beiden Russen ausstiegen. Zur Flucht war es zu spät. Aber seltsamerweise rannten die Männer nicht auf sie zu, sondern blieben in einigem Abstand stehen. Mit klopfendem Herzen hörte Klara, wie sie sich auf Russisch unterhielten.

»Bittä Värrrzeihunk«, sagte Glupschauge schließlich. Er lächelte breit und enthüllte dabei das schwarze Loch, das anstelle seiner Schneidezähne unter seiner Oberlippe klaffte.

»Wir suchän zwei Junkään.«

Klara atmete erleichtert auf. Die beiden erkannten sie nicht, weil sie ihre Mütze verloren hatte.

»Ich habe niemanden gesehen. Tut mir leid«, entgegnete sie.

Aber dann sah sie, wie Bohnenstange Paule anstarrte und dabei misstrauisch die Augen zusammenkniff. »Krraftschnieska schnerzkiew«, raunte er seinem Kumpan zu. Während die beiden erneut beratschlagten, schielte nun auch Glupschauge zu ihm rüber.

»Wir müssen jetzt leider los«, erklärte Klara hastig. »Wiedersehen!« Sie packte Paule und Lina an den Armen. Bis zur Ecke zwangen sie sich, langsam zu gehen. Aber sobald sie in eine Seitenstraße gebogen und außer Sichtweite waren, begannen sie zu rennen.

»Los«, feuerte Klara die beiden anderen Schatten an.

Hinter sich hörten sie die polternden Schritte der Russen. Es war nur noch eine Frage von Sekunden, bis sie sie geschnappt hätten. Am liebsten wäre Klara stehen geblieben und hätte den Kerlen einfach das Gebiss gegeben, Hauptsache, die Rennerei hatte endlich ein Ende. Aber blöderweise schwammen die falschen Zähne der Großfürstin in Muttchen Piepers Wasserglas.

»Sie kommen näher«, keuchte Lina neben ihr. Ihre roten Haare standen zur Abwechslung nicht in die Höhe, sondern flogen in alle Himmelsrichtungen.

»Und jleich ham'se uns!« Paule zeigte nach vorne.

»Oh nein«, stöhnte Klara. In der Aufregung waren sie in eine Sackgasse gerannt.

»Guckt mal da!«, quiekte Lina. Ihre Haare richteten sich steil nach oben. Sie deutete auf die schwarze Katze mit Buckel, die jemand auf eine Mauer gemalt hatte. »Das ist ein Zeichen!«

Als Klara die Katze das erste Mal gesehen hatte, war Eltinger hinter ihr her gewesen. Kurz danach hatte sie die grüne Tür entdeckt.

Ihr Blick suchte die Wände ab. Da vorn, am Ende der Gasse! Da war eine grüne Tür! Im Gegensatz zum ersten Mal stand sie heute sperrangelweit offen. Hier seid ihr sicher, versprach die Tür.

Klara lachte vor Erleichterung und zog Lina und Paule voran. Sie hatten den Eingang fast erreicht, Klara hatte schon einen Fuß auf die Schwelle gesetzt, als jemand sie zur Seite riss und festhielt. »Still!«, sagte eine Frauenstimme. »Kein Wort.«

Dann wurde alles grün. Lina und Paule drängten sich ganz eng an Klara. Weicher Stoff legte sich auf Klaras Gesicht, über ihren ganzen Körper. Die Frau hatte sie ganz offenbar eingewickelt. Klara konnte nicht sehen, wer sie festhielt, aber sie hörte die lauten Schritte, die nun auf sie zukamen.

»Smorenskaraff!« Das war die Stimme von Glupschauge. »Sie gesähn Kindärr, wos rrennen weg?«

»Pardon? Kinder? Ja, drei sogar. Die sind gerade da rein!«

Weil die Dame nun die Hand ausstreckte, öffnete sich der Stoff, der Klaras Gesicht bedeckte, einen winzigen Spalt. Klara sah eine schmale Hand mit einem grünen Fingernagel, die auf die Tür deutete. Es war Yvette Lorraine, die sie gerettet hatte. Allerdings fragte sie sich, wie die schlanke Yvette es schaffte, gleich drei Personen unter ihrem grünen Mantel zu verstecken, ohne dass die Verfolger sie entdeckten.

Die beiden Russen stürmten auf die Tür zu. Sobald sie in der Öffnung verschwunden waren, versetzte ein hochhackiger, grüner Schuh der Tür einen Tritt, sodass sie mit einem lauten Knall ins Schloss fiel.

»Voilà«, verkündete Yvette Lorraine. »C'est ça!«

Klara befreite sich aus dem grünen Umhang. »Woher wussten Sie …?«

»… dass du Hilfe brauchst? Mon dieu, das war ja wohl offensichtlich.« Yvette wandte sich Lina und Paule zu. »Oh, Liná, ma chère. Und du musst wohl Paul sein?«

»Paule, jawoll, mit P vorne und e hinten.«

Yvette hob ihre gezupften Augenbrauen, sodass sie wie zwei feine Bögen über ihrer grünen Brille schwebten. »Diese beiden Rüpel gehen mir nun schon eine geraume Zeit lang gehörig auf die Nerven. Ich denke, ihnen wird eine kleine Kur mit Oscuro sehr gut tun. Zwei, drei Wochen in seiner Dunkelwelt, und man kommt als ganz neuer Mensch wieder zum Vorschein.«

»Sind Sie verrückt? Vronski und Ivanov werden Oscuro umbringen …«

»Glaub mir, meine kleine Claire, das wird nicht geschehen.« Yvette verzog die glitzernden Lippen zu einem beruhigenden Lächeln. »Dort drinnen«, sie deutete auf die Mauer, in der nun keine Tür mehr zu sehen war, »hat Oscuro die Macht. Und niemand sonst.«

Sie klatschte dreimal in die Hände. »Und nun, vite, vite! Beeilen wir uns.«

»Beeilen? Was haben Sie denn vor?«

»Madame erwartet uns. Oder wollt ihr etwa nicht wissen, wie die Geschichte zu Ende geht?«

Der Mann im braunen Anzug hielt die Mündung seiner Pistole dicht an Ottos Schläfe. Gleichzeitig begann er mit der Linken in seinem eigenen Gesicht herumzufummeln. Ottos Gehirn brauchte noch ein bisschen, aber dann bauten seine grauen Zellen langsam zusammen, was er sah. Der Mann griff mit spitzen Fingern nach seinem Schnurrbart, ein Ratschen war zu hören, und nun war über der Oberlippe alles glatt. Dann zog er sich die hellblonden Haare vom Kopf und ließ die Perücke auf den Boden fallen.

»Du und deine Bande, ihr wart eine verdammt harte Nuss«, sagte er. »Aber jetzt ist Schluss.«

»Ko-Ko-Kommissar Budde?«, stammelte Otto.

Der Polizist lachte. »Damit hast du nicht gerechnet, was?«

Nein, damit hatte Otto wirklich nicht gerechnet. Er war sich so sicher gewesen, dass er dem Leiter des Dezernats für Raub und Diebstahl vertrauen konnte. Ein riesiger Fehler, man durfte niemals einem Polizisten vertrauen.

»Und jetzt rück die Juwelen raus, ich habe die Nase gestrichen voll. Hast du eine Ahnung, was mich der ganze Spaß da oben gekostet hat?« Er fuchtelte mit der Pistole. »Jeden einzelnen dieser Halunken muss ich teuer bezahlen. Verfluchte Halsabschneider allesamt. Also her mit den Tränen der Zarin!«

»Ich hab sie nicht dabei.«

»Das soll ich dir glauben?« Budde sprach leise, aber jedes seiner Worte war scharf wie eine Rasierklinge. »Mich veräppelst du nicht!«

Otto kramte in seiner Hosentasche. Er zog das Tuch aus der Tasche, in das Muttchens Gebiss eingewickelt war, und reichte Budde das Päckchen. Der erwischte nur einen Zipfel des Stoffs, und die falschen Zähne purzelten heraus.

»Was soll das?« Budde schreckte zurück und schnaubte.

Otto nutzte die kurze Unaufmerksamkeit seines Gegners. Er warf sich gegen zwei übereinandergestapelte Fässer, das obere kippte, der Deckel ging auf. Säuerlicher Geruch erfüllte den Keller, eine Ladung Sauerkraut ergoss sich über Buddes Anzug. Otto schnappte sich die Zähne – wenn er ohne Muttchens Beißer zurückkäme, wäre er nicht einmal im Knast in Moabit vor der wütenden Wirtin sicher. Während Budde sich fluchend das Kraut aus den Haaren wischte, suchte Otto den Kellerraum nach einer Fluchtmöglichkeit ab.

Die Luke kam nicht infrage, sie war zu hoch, ohne Hilfe konnte er sie nicht erreichen. Budde versperrte den Weg in den Flur und dann hinauf in den Laden. In der gegenüberliegenden Wand befand sich jedoch eine schmale grüne Holztür. Otto wunderte sich, dass sie ihm vorher nicht aufgefallen war. Aber die Taschenlampe erhellte den Keller ja auch nur notdürftig.

Die Tür stand einen Spalt offen.

Vielleicht führten die Räume dort weiter, wenn er Glück hatte, sogar bis ins Nachbarhaus. Einige der Berliner Keller hatten Verbindungsgänge zu den angrenzenden Grundstücken.

Budde folgte Ottos Blick und erkannte, was er vorhatte. Mit einem weiten Satz wollte er ihm zuvorkommen, rutschte aber auf dem Sauerkraut aus. Statt die Tür zuzuschlagen, riss er sie weiter auf. Otto stürzte durch die Tür, konnte jedoch nicht verhindern, dass Budde ihm folgte.

Plötzlich war es stockfinster.

»Wo steckst du?«, hörte er Budde zischen. Zu Ottos Verwirrung drang die Stimme aus weiter Ferne zu ihm.

Er spürte eine Hand an seiner Wange. Sie fühlte sich haarig an, gar nicht wie Buddes glatte, manikürte Finger. Irgendwo in der Dunkelheit, in weiter Entfernung, schimpfte jemand auf Russisch.

Dann war alles still. Vollkommen still. Otto hörte nicht einmal mehr seinen eigenen Atem. Er tastete sich weiter nach vorne, weg von Budde. Mit ausgestreckten Armen suchte er nach einer Wand, einem Ausweg, diese Finsternis war furchtbar.

Ging er die ganze Zeit im Kreis oder bewegte er sich nach vorn? War Budde noch hinter ihm?

Otto wusste es nicht, er hatte jegliche Orientierung verloren. Er setzte einen Fuß vor den anderen, ohne etwas zu hören oder zu sehen.

Irgendwann stießen seine Fingerspitzen gegen eine Wand. Er schob sich daran entlang, bis er eine Tür fand und sie erleichtert aufriss.

● ● ●

Vor ihm stand eine bleiche, weiße Gespenstergestalt. »Ha!«, schrie Otto. Der Schrei gellte in seinen Ohren. Im selben Moment öffnete das Monster den Mund ebenfalls zum Schrei.

Otto hob abwehrend die Hand. Das Monster tat es ihm gleich. Jetzt wurde ihm klar, dass es sein Spiegelbild war. Unter der Mehlschicht hatte er sich selbst nicht erkannt. Er musste grinsen. Gut, dass die anderen das nicht mitbekommen hatten.

Immerhin war es ihm gelungen, Budde abzuhängen. Wahrscheinlich tastete sich der Kommissar noch mit ausgestreckten Armen durch die Dunkelwelt. Wenn er nicht schon einen anderen Ausweg gefunden hatte. In jedem Fall musste Otto auf schnellstem Wege zum Polizeipräsidium, um Tretoff über seinen verbrecherischen Kollegen aufzuklären.

Aber das war leichter gedacht als getan. Denn nach einer halben Stunde irrte Otto immer noch durch ein Labyrinth aus Spiegeln. Immer wenn er einen neuen Gang betrat und glaubte, das Ende des Irrgartens erreicht zu haben, tat sich ein weiterer Raum vor ihm auf. Und jedes Mal wirkte die mehlbestäubte Gestalt, die er vor, neben, über und unter sich sah, erschöpfter und müder.

Je länger er durch die Spiegelwelt wanderte, desto verwirrter wurde er. Zweimal glaubte er eine schlanke grüne Frau in einem der Spiegel zu erblicken, er hörte ein helles Lachen, dann war sie wieder verschwunden. Eine Katze fauchte, ein Mädchen kicherte. Lina, das war Lina, er war sich fast sicher!

Aber als er sich umdrehte, sah er nicht Lina, sondern Kommissar Budde. Verklebt von Sauerkraut und Mehlstaub, richtete er mit irrem Flackern in den Augen seine Pistole auf Otto. Otto hob verschreckt die Hände, doch der falsche Kommissar reagierte nicht, er hastete einfach weiter. Es war nur Buddes Spiegelbild, das Otto gesehen hatte.

Langsam ging Otto ein Licht auf.

Klara hatte von der grünen Tür erzählt, die plötzlich aufgetaucht war, als Wachtmeister Eltinger sie verfolgt hatte. Durch die Welt des Dunkelmenschens war sie in Madame Fatales Varieté gelangt. Und Otto war nun genau dasselbe passiert.

Aber anscheinend hatte auch Budde den Weg hierher gefunden. Jedenfalls tauchte er erneut vor Otto im Spiegel auf. Seine Lippen bewegten sich, er fluchte, aber was er sagte, konnte Otto nicht hören.

»Vergiss es! Du findest mich nie!«, murmelte er finster. Aber sein Triumph kam zu früh.

Plötzlich wuchs aus einem Spiegel direkt neben Otto ein Arm. Buddes Arm. Das war kein Spiegelbild! Diesmal war es der echte Kommissar, der Otto packte und in den Schwitzkasten nahm.

Bevor Otto sich wehren, bevor er auch nur schreien konnte, zielte Budde mit der Pistole auf eine der Spiegelwände und drückte ab. Der Knall war ohrenbetäubend. Klirrend fiel die Scheibe in sich zusammen und gab den Blick auf einen schlichten, weiß verputzten Raum frei. Eine nackte Glühbirne hing an der Decke und verbreitete gleißend helles Licht.

»Wer sagt's denn«, murmelte Budde und stieß Otto in das leere Zimmer. Unter ihren Füßen knirschten Spiegelsplitter.

»Was haben Sie mit mir vor?«, fragte Otto, obwohl er die Antwort schon kannte. Aber er musste Zeit gewinnen, er musste Budde irgendwie aufhalten, bis … was? Klara und die anderen ihn hier fanden? Oder der Geist der Großfürstin ihn rettete? Das war ja lächerlich.

Budde sah das ganz genauso. »Es ist aus, Otto.«

Reden, weiterreden, nur nicht aufgeben! Solange er redete, würde Budde vielleicht nicht schießen.

»Warum ich?«, fragte Otto. »Warum haben Sie sich ausgerechnet mich ausgesucht? Ich habe Ihnen doch nichts getan.«

»Du warst einfach perfekt für meine Pläne. Der ideale Sündenbock. Du und die anderen auch. Die Schattenbande, die Meisterdiebe. Ich hab euch beobachtet. Seit ihr aus dem Waisenhaus ausgebrochen seid. Ich weiß alles über euch. Du kannst hervorragend klettern und deine Freunde sind auch nicht übel. Aus euch hätte noch was werden können.« Er seufzte mit gespieltem Bedauern. »Schade drum.«

Und wieder drückte sich die Mündung der Pistole gegen Ottos Schläfe.

»Sie können mir gar nichts tun«, sagte Otto, obwohl er alles andere als überzeugt davon war. Er musste sich etwas einfallen lassen, und zwar schnell.

21. KAPITEL,

in dem es zuerst Theater und dann endlich was zu essen gibt

Von Madame Fatales Privatloge aus hatte man einen hervorragenden Blick über das gesamte Varietétheater. Yvette Lorraine hatte Klara, Lina und Paule vor einigen Minuten hier hochgeführt, nun saßen sie zu viert auf den roten Samtstühlen. Von der Varietébesitzerin selbst fehlte bislang jedoch jede Spur.

Klara beobachtete fasziniert die Zuschauer, die in den Theatersaal der »Schwarzen Katze« strömten. Im Parkett setzten sie sich an kleine Tischchen, wo Serviermädchen sie umschwirrten. Einige von ihnen trugen Bauchläden und verkauften Zigarren an die Herren und an die Damen Fächer mit dem Markenzeichen des Hauses, der buckelnden schwarzen Katze – damit sie den Zigarrenrauch wegwedeln konnten. Hinten an der Saalwand stand der Illusionist Rudolfo. Als er Klaras Blick bemerkte, winkte er ihr zu. Dann verschwand er.

Gerade betrat die Schauspielerin Gina Ginelli den Raum, wie immer umgeben von einigen reich und gut aussehenden Herren. In ihrem goldblonden Haar saß ein schimmerndes

Diadem, an den Ohren funkelte es, im Ausschnitt, an den Handgelenken, überall glitzerte der Schmuck. Die Juwelendiebe hatten offensichtlich nicht alles geklaut oder sie hatte sich danach mit neuen Juwelen eingedeckt. Ein Fotograf schoss ganze Salven von Blitzlichtern ab, auch Billy Barrakuda wartete in einer Ecke auf die Gelegenheit, ein paar Worte mit dem Filmstar zu wechseln.

Klara versuchte, den Reporter auf sich aufmerksam zu machen, aber Billy hatte nur Augen für die prominenten Besucher. »Da vorne in der ersten Reihe sitzt Tirokée, der Zahncremefabrikant«, flüsterte Yvette Klara zu. »Zähne weiß wie Schnee …«

»… dank Zahncreme Tirokée«, ergänzte Lina. Sie beugte sich über die Brüstung und starrte den dicken Mann im Frack an, der soeben neben seiner ebenso beleibten Gattin Platz nahm. Allerdings konnte Klara jetzt nichts mehr sehen, weil ihr Linas gesträubte Haare die Sicht nahmen.

Als Lina sich endlich wieder zurücklehnte, sah Klara eine ebenholzfarbige Tänzerin in einem Kleid aus tiefroten Marabufedern in den Saal stolzieren.

»Miss Baker!«, hörte sie Billy rufen und ein paar englische Worte, aber die Tänzerin ließ den Reporter links liegen.

Wenn doch Otto hier wäre, dachte Klara. Ihre Fingernägel klackerten auf die hölzerne Umrandung der Loge. Paule und Lina waren von der Aufregung ganz gefangen, aber Klara hielt es kaum auf ihrem Sitz. Otto wäre einfach vorne aus der Loge hinausgeklettert, hätte sich an den gedrechselten Säulen nach unten gleiten lassen und wäre zu Billy geschlichen. Sie beugte sich vor und schaute hinab. Sofort drehte sich der Saal vor ihren Augen.

»Lass man stecken«, sagte Paule. »Da laufste dem Trettoff direktemang inne Finger.« Er duckte sich und zeigte hinab in den Zuschauerraum.

Tatsächlich. Unten zwängte Kommissar Trettoff seinen massigen Leib durch die eng gestellten Tischchen, entschuldigte sich rechts bei einer Dame, links bei einem Herren. Im Umdrehen stieß er mit seinem dicken Hinterteil eine Lampe vom Tisch und fegte zwei Gläser zu Boden, bis er endlich seinen Platz in der ersten Reihe eingenommen hatte.

Plötzlich klingelte eine helle Glocke. Der schwarze Kater balancierte über die Brüstung der Loge.

»Es fängt an«, flüsterte Lina.

Hinter sich hörte Klara ein Rascheln.

Madame Fatale betrat die Loge. In ihrem strengen dunkelblauen Kostüm wirkte sie wie ein Fremdkörper in ihrem eigenen Varieté.

Die Lichter im Saal erloschen, der schwere Samtvorhang öffnete sich. Aber statt der Revuegirls, die sonst in knappen Paillettenkleidchen in einer langen Reihe tanzten, sah man nur eine milchweiße Fläche auf der Bühne, auf der sich zwei Schatten abzeichneten.

»Chinesisches Schattentheater«, wisperte Yvette Klara zu. »Das ist zurzeit der letzte Schrei. Im Winter hatten wir eine hervorragende Truppe aus der Provinz Shaanxi zu Gast.«

Was sie dort auf der Bühne sahen, wirkte allerdings gar nicht chinesisch. Eine große Gestalt hielt eine kleinere im Schwitzkasten. Und die kleinere stieß ein paar Worte hervor: »Ich … wir … haben nichts … mit dem Mord an der Drosskova zu tun!«

Lina erkannte die Stimme als Erste. »Otto?«

Klara drehte den Kopf zu Madame Fatale. Ihre Miene war wie immer undurchdringlich.

»Klara hat Trettoff angerufen«, sprach der kleinere Schatten auf der Bühne weiter.

Beim Namen des Leiters der Mordkommission brach Gemurmel im Publikum aus.

»Er ist bestimmt schon auf dem Weg hierher.«

Es war Ottos Stimme, daran bestand nun auch für Klara kein Zweifel mehr. Wie kam er hierher?

Die größere Schattengestalt auf der Bühne lachte spöttisch. »Der Dicke war heute gar nicht im Präsidium. Sitzt wahrscheinlich zu Hause und schlägt sich den Bauch voll. Dieser Fettwanst ist so ein Dummkopf. Kapier es endlich, Otto, deine kleinen Freunde haben keine Chance. Da draußen schwirren diese russischen Halsabschneider rum. Wahrscheinlich sind sie ihnen direkt in die Arme gelaufen.«

»Sind sie nicht!«, rief Otto wütend. »Klara hat es geschafft, ich weiß es ganz genau.«

Ein Lächeln huschte über Klaras Gesicht.

Im Zuschauerraum war es mucksmäuschenstill. Alle Augen waren auf das Schattenspiel gerichtet.

»Ich verstehe kein Wort«, hörte Klara eine Frau in der Nachbarloge flüstern.

»Schsch!«, machte ihr Mann. »Gleich klärt sich alles auf. Du wirst schon sehen. Die Vorstellung hat uns noch nie enttäuscht.«

»Wenn die anderen bis jetzt noch nicht mit Trettoff gesprochen haben, dann tun sie es eben morgen«, sagte Ottos Schatten. »Sie sind geliefert, Budde.«

Budde? Klara, Paule und Lina wechselten einen aufgeregten

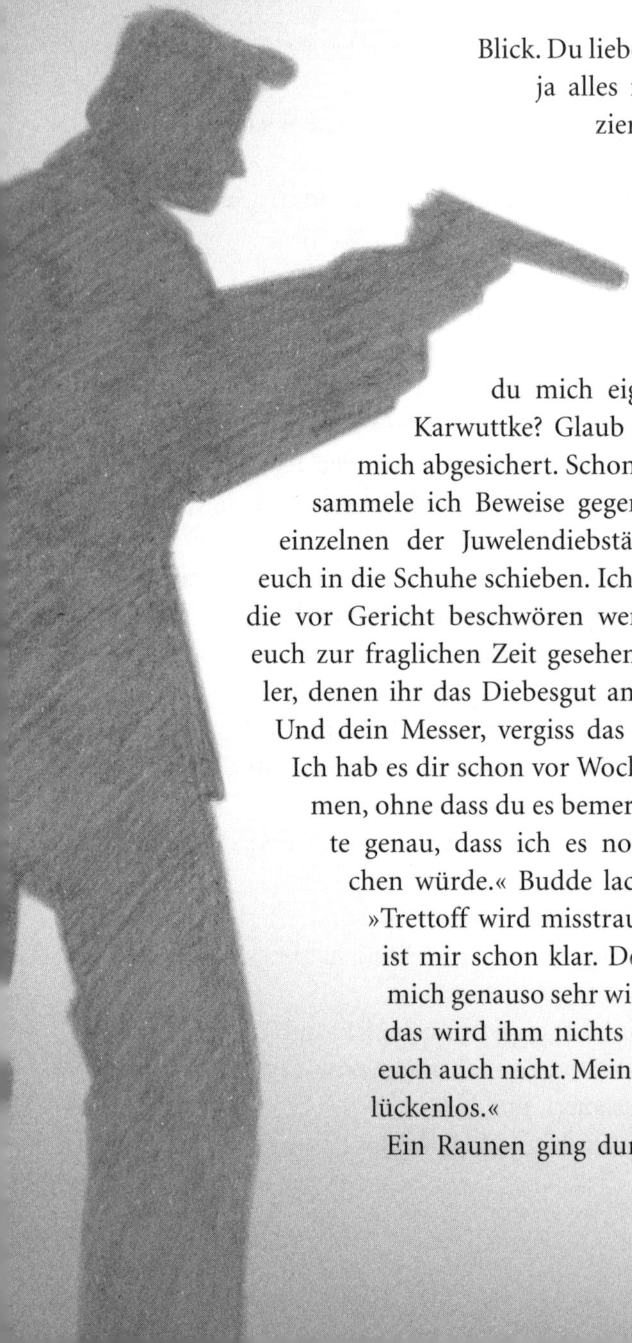

Blick. Du liebe Zeit, das war ja alles noch komplizierter, als sie gedacht hatten.

Der Angesprochene schnaubte.

»Für wie blöd hältst du mich eigentlich, Otto Karwuttke? Glaub mir, ich habe mich abgesichert. Schon seit Monaten sammele ich Beweise gegen euch. Jeden einzelnen der Juwelendiebstähle kann ich euch in die Schuhe schieben. Ich habe Zeugen, die vor Gericht beschwören werden, dass sie euch zur fraglichen Zeit gesehen haben. Hehler, denen ihr das Diebesgut angeboten habt. Und dein Messer, vergiss das Messer nicht. Ich hab es dir schon vor Wochen abgenommen, ohne dass du es bemerkt hast. Wusste genau, dass ich es noch mal brauchen würde.« Budde lachte höhnisch. »Trettoff wird misstrauisch sein, das ist mir schon klar. Der Dicke hasst mich genauso sehr wie ich ihn. Aber das wird ihm nichts nützen – und euch auch nicht. Meine Beweise sind lückenlos.«

Ein Raunen ging durch das Publikum. Alle erkannten jetzt, was der größere Schatten auf der Bühne in der Hand hielt. Klara sah, wie Trettoff sich aus seinem Sessel wuchtete.

Weiterreden, weiterreden, weiterreden, feuerte Otto sich an. Solange er redete, erschoss Budde ihn nicht. Obwohl Otto nach den abscheulichen Enthüllungen wirklich die Spucke wegblieb.

»Eines müssen Sie mir aber noch erklären: Warum haben Sie die Drosskova umgebracht? Sie hatten die Tränen der Zarin doch noch gar nicht gefunden?«

»Ich wollte sie auch nicht umbringen«, erklärte Budde. »Ich wollte der geizigen alten Hexe nur ein bisschen Angst machen. Damit sie die Klunker endlich rausrückt. Da hat sie mich erkannt und damit gedroht, dass sie mich auffliegen lässt.« Er seufzte voller gespieltem Bedauern. »Daraufhin musste die arme Großfürstin leider, leider dran glauben. Die Nachricht an dich hatte ich schon vorher geschrieben, und du warst blöd genug, direkt in der Pension aufzukreuzen. Das war meine Chance.«

Otto schluckte. »Was passiert denn mit meinen Freunden, wenn Sie mich jetzt erschießen?«, fragte er mit dünner Stimme.

Budde lachte. Es klang richtig fröhlich. »Deine kleinen Spießgesellen wandern in eine Erziehungsanstalt, aus der sie nicht mehr ausbrechen können, das verspreche ich dir. Aber du hast die Sache richtig erkannt: Du wirst das nicht mehr erleben. *Der Mörder der Drosskova hat seinen Widerstand gegen die Staatsmacht mit dem Leben bezahlt.* Das ist die Schlagzeile, die dein Freund Barrakuda morgen titeln wird.«

»So ein Schwachsinn!«

Otto zuckte zusammen. Er hätte schwören können, dass er gerade die Stimme von Billy Barrakuda gehört hatte. Ob die Todesangst ihn langsam wahnsinnig machte?

Auch Budde war zusammengefahren und blickte sich misstrauisch um. Doch der Raum war immer noch genauso leer wie zuvor.

»Bringen wir es hinter uns«, murmelte Budde und hob seine Waffe. »Ich wünsche dir eine gute Reise ins …«

Weiter kam er nicht, denn jetzt polterten schwere Schritte heran. Ein Schupo sprang ins Zimmer, die Pistole im Anschlag. »Ergeben Sie sich, Budde. Das Spiel ist aus!«

Hinter ihm erschien eine riesige Gestalt. »Guten Abend, werter Kollege. Störe ich?« Schnaufend schob sich Kommissar Trettoff in den Raum.

Budde ließ die Waffe sinken. »Kommissar Trettoff! Gott sei Dank, dass Sie hier sind. Ich habe diesen Burschen eben auf frischer Tat ertappt, wie er …«

»Sparen Sie sich das. Ich habe alles mitangehört.«

»Sie haben … was?«

Trettoff hob den Arm und wies auf die Rückwand des Zimmers, die sich nun – Otto traute seinen Augen kaum – nach oben anhob und in der Decke verschwand. Dahinter wurde, Reihe für Reihe, ein riesiger Theatersaal sichtbar. Dicht an dicht saß das Publikum in samtbezogenen Sitzen und starrte ihn an.

»Otto, hier!«, hörte er eine helle Stimme. Sein Blick wanderte nach oben … jetzt war sich Otto ganz sicher, dass er träumen musste. In einer der Logen saßen doch tatsächlich Klara, Paule und Lina und winkten ihm zu.

»Ein schönes Schattenspiel haben Sie uns da geliefert, Budde«, schnaufte Trettoff. »Ganz großes Theater. Schade nur, dass es die traurige Wahrheit war.« Er wandte sich an den Schutzpolizisten, der inzwischen Verstärkung von zwei weiteren Beamten bekommen hatte. »Abführen.«

»Wie … was …«, stammelte Otto, während die Polizisten Budde wegbrachten.

»Die Wand ist aus Papier«, erklärte Trettoff. »Wir konnten eure Umrisse sehen. Und wir haben jedes Wort gehört, ein dolles Geständnis. Wie ich den jungen Mann kenne«, nun deutete er auf Billy Barrakuda, der soeben auf die Bühne sprang und zu ihnen trat, »hat er alles mitgeschrieben.«

»Exakt«, sagte Billy. »Otto, ich bin mächtig stolz auf dich.«

»Und ich erst.« Nun stürmte auch Klara auf Otto zu, gefolgt von Lina und Paule. »Junge, Junge, ich dachte schon, ich seh dich niemals wieder!« Sie wollte ihm um den Hals fallen, aber dann versetzte sie ihm doch lieber einen Schlag gegen die Schulter. »Oh, Pardon, war ja die verletzte Seite. Na, du hast ja ganz andere Sachen überstanden.«

»So und jetzt erzähl mal«, rief Billy und zückte seinen Notizblock. »Zackzerapp, ich will alles ganz genau wissen.«

»Nicht jetzt, Billy«, winkte Otto ab. »Ich brauch erst mal eine Pause.«

»Ick auch«, sagte Paule. »Lass uns hia abhauen«, raunte er Otto zu. »Hier wimmelt's ja von Polente. Det macht mir janz kribbelig. Un außerdem hat Muttchen bestimmt eene Suppe fertig. Ick hab vielleicht 'nen Kohldampf, det kann ick dia flüstan.«

Eine Stunde später saßen die vier Schatten in der »Grünen Minna« oben auf der kleinen Empore, die sonst Heinrich Trettoff und seinen Leuten vorbehalten war.

Paules Magen knurrte laut.

»Hier gibt's ein paar sehr hungrige Mäuler«, dröhnte Trettoffs Stimme durch das Gasthaus, in dem sich mehr und mehr Schaulustige sammelten.

Die Nachricht von den Ereignissen in der »Schwarzen Katze« hatte sich wie ein Lauffeuer herumgesprochen. Sogar Dr. Antonov und Fräulein Krug hatten sich hergewagt. Der Arzt unterhielt sich in bester Laune mit Yvette Lorraine, über deren grüne Lippen ein hervorragendes Russisch perlte. Madame Fatale und der schwarze Kater waren im Varieté geblieben, aber alle anderen Künstler des Theaters mischten sich unter die Schaulustigen und die Stammgäste.

Der Chef der Mordkommission rieb sich die Hände, als Muttchen Pieper einen großen Topf mit Suppe auf den Tisch stellte. »Heute ischt Selbschbedienung«, sagte sie, ließ die große Kelle in die Suppe plumpsen und verteilte die Teller reihum.

»Muttchen, was nuscheln Sie denn so?«, fragte Trettoff.

»Meine Tschähne sitschen nischt gut«, antwortete Muttchen und hielt sich die Hand vor den Mund, in dem das falsche Gebiss klapperte.

Otto prustete lauthals los.

Klara, Lina und Paule stimmten ein, aber sie sagten nichts. Sie hatten besprochen, die beiden Gebisse in der Nacht auszutauschen, wenn die Zähne der Großfürstin wieder in dem Glas neben Muttchens Bett lagen. Aber dafür musste Dr. Antonov zuerst ein neues Gebiss für Muttchen anfertigen.

»Was gibt es denn Leckeres?«, fragte Gina Ginelli, die es sich nicht hatte nehmen lassen, am Arm von Billy Barrakuda ebenfalls mitzukommen. »Billy, aus der Story müssen wir einen Film machen«, sagte sie und klimperte verführerisch mit den Wimpern. »Ich selbst spiele die Hauptrolle, nein, nicht die tote Gräfin, sondern – sie da!«

Der Filmstar zeigte auf Klara, die knallrot anlief.

»Die Bauern im Schpreewald schtreiken nicht mehr. Esch gibt wieder Gurken, und zum Gedenken an die arme Groschfürschtin habe isch Soljanka gekocht.«

»Och Gottchen«, gluckste Billy Barrakuda. »Und der arme Gurke muss in der Zelle schmoren.«

Alle lachten. Nur Otto schaute fassungslos. »Gurke«, wiederholte er. »Soljanka! Heiliger Strohsack! Ich Riesenhornochse …«

»Det stimmt, aba warum fällt dir das gerade jetzt uff?«

Otto musste dreimal tief Luft holen. »Die Drosskova hat mir höchstpersönlich verraten, wer ihr Mörder war.«

Lina riss die Augen auf. »Ist dir der Geist der Großfürstin auch begegnet?«

»Quatsch. Als sie noch lebte, ein bisschen jedenfalls. *Soljanka*, das war ihr letztes Wort. Sie wollte mir einen Hinweis geben, auf *Gurke*, ich meine – Budde. Aber sein richtiger Name und sein Spitzname sind ihr in dem Moment wohl nicht eingefallen. Da hat sie Soljanka gesagt, weil die Suppe aus Gurken gemacht wird. Ich bin ein solcher Trottel!«

Bevor Paule auch das bestätigen konnte, mischte sich Heinrich Trettoff ein. »Darauf wäre selbst ich nicht gekommen, mein Junge. Dieser Budde! Er hat nicht nur die Ganoven gewarnt, wann immer eine Razzia geplant war«, schnaufte der Kommissar, »er hat jeden einzelnen der Juwelendiebstähle bis ins Kleinste geplant. Und fast wäre ich ihm auf den Leim gegangen und hätte den Falschen hinter Gitter gebracht. Da steh ich wohl jetzt in deiner Schuld, Otto!«

»Und wisst ihr, was mir vorhin noch eingefallen ist?«, fragte Klara. »Budde hat nicht erst in der ›Schwarzen Katze‹ versucht, dich umzubringen. Er hat es schon einmal probiert. Als ich dich aus dem Präsidium befreit habe. Der Scharfschütze, der auf uns geschossen hat! Das war Budde!«

»Du hast recht. Er wollte mich auf der Flucht erledigen.« Otto nickte finster.

»Scho ein gewischenloscher Schurke.« Muttchen Pieper war fassungslos.

»Dafür bekommt er jetzt die Rechnung«, beruhigte sie Trettoff. »Da können Sie Gift drauf nehmen. Aber was mich viel mehr interessiert: Hat die Drosskova dir auch erzählt, wo sie ihre Klunkerchen versteckt hat, Otto?«

»Genau, dasch wollen wir doch alle wischen!«, nuschelte Muttchen.

Otto zwinkerte Dr. Antonov zu. Die Schatten hatten beschlossen, ihm die Juwelen zu geben, damit er die guten Taten der Großfürstin fortsetzen konnte. Sie konnten nur hoffen, dass die Wirtin der »Grünen Minna« bis dahin nicht merkte, mit wessen Zähnen sie gerade herumlief.

»Ähem, also …«, sagte Klara, »… an der Aufklärung dieser Frage werden sich wohl einige noch die … Zähne ausbeißen.«

»Jenau«, sagte Paule. »Und ick füa meenen Teil muss jetzt watt zwischen die Beißerchen kriegen. Ick hab een Mörda…«

Plötzlich herrschte Totenstille in Muttchens Kneipe.

Paule schaute sich um. »Na ja, een Mördahunga!«

ENDE